A VERDADE EM PRETO E BRANCO

NOVELA JUVENIL DE Antônio Schimeneck

Edições BesouroBox

3ª edição / Porto Alegre-RS / 2020

Capa e projeto gráfico: Marco Cena
Revisão: Lisiane Andriolli
Produção editorial: Bruna Dali, Danielle Reichelt e Maitê Cena
Produção gráfica: André Luis Alt

Dados Internacionais de Catalogação na Publicação (CIP)

S362v   Schimeneck, Antônio
        A verdade em preto e branco. / Antônio Schimeneck.
        3. ed. Porto Alegre: BesouroBox, 2020.
        152 p.: il.; 14 x 21 cm

        ISBN: 978-65-990353-3-3

        1. Literatura infantojuvenil. 2. Novela. I. Título.

CDU 82-93

Bibliotecária responsável Kátia Rosi Possobon CRB10/1782

Copyright © Antônio Shimeneck, 2020.

Todos os direitos desta edição reservados a
Edições BesouroBox Ltda.
Rua Brito Peixoto, 224 - CEP: 91030-400
Passo D'Areia - Porto Alegre - RS
Fone: (51) 3337.5620
www.besourobox.com.br

Impresso no Brasil
Março de 2020

> "Tengo miedo del encuentro
> Con el pasado que vuelve
> A enfrentarse con mi vida."
> Carlos Gardel

Para Kennedy Souza e Leonardo Zuchetto,
que também amam histórias.

SuMÁRIO

... 9

Capítulo UM ... 12
Capítulo DOIS ... 15
Capítulo TRÊS ... 20
Capítulo QUATRO ... 22
Capítulo CINCO ... 28
Capítulo SEIS ... 31
Capítulo SETE ... 32
Capítulo OITO ... 35
Capítulo NOVE ... 37
Capítulo DEZ ... 45
Capítulo ONZE ... 47
Capítulo DOZE ... 58
Capítulo TREZE ... 61
Capítulo QUATORZE ...
Capítulo QUINZE ... 64

............71

Capítulo DEZESSEIS 79

Capítulo DEZESSETE 81

Capítulo DEZOITO 93

Capítulo DEZENOVE 99

Capítulo VINTE 104

Capítulo VINTE E UM 109

Capítulo VINTE E DOIS 112

Capítulo VINTE E TRÊS 115

Capítulo VINTE E QUATRO 119

Capítulo VINTE E CINCO 124

Capítulo VINTE E SEIS 132

Capítulo VINTE E SETE 137

Capítulo VINTE E OITO 141

Capítulo VINTE E NOVE

UM

— Esta vida não tem graça nenhuma.

Dona Mercedes tem repetido muito essa frase nos últimos tempos. Embora sua existência seja razoavelmente boa, tem motivos para estar tão desencantada.

Há tempos, uns vinte anos, que veio da Argentina com o marido, Raul, e com os dois filhos mais velhos. Raquel, a caçula, nasceu no Brasil, um pouco antes do grande desastre se abater sobre a família.

Os primeiros anos foram bem difíceis. Chegar a um país diferente, outra língua, outros costumes... Raul ficou sabendo que um parente havia se dado bem em terras brasileiras, então o casal decidiu que era hora de buscar uma vida mais tranquila economicamente. Vieram atrás do primo Laerte.

Nicolas e Pablo eram muito jovens, com 4 anos de diferença de idade, estavam nos primeiros anos escolares e também sofreram com a nova realidade.

A cidade era encantadora. Ficava em um vale cercado de montanhas verdejantes e as ruas eram cheias de árvores antigas que cobriam de sombra as casas e as calçadas. O centro possuía alguns prédios comerciais e de moradia, uma praça, em frente à Igreja Matriz, e uma única fábrica, voltada à produção de derivados da apicultura, que empregava a maior parte da população. Enfim, um lugar bonito e bom para se viver.

Dona Mercedes era um tanto protetora demais, mas, à medida que o tempo passou, os filhos foram criando asas e cuidando de suas próprias vidas. Acabaram deixando a mãe de lado. Com a justificativa de continuar os estudos, rumaram para a capital. As visitas rarearam. O telefone substituiu o contato dos abraços e, não fosse pelo aparelho, não saberia nada dos filhos.

O apartamento foi ficando muito grande para a velha senhora, que tentava disfarçar a tristeza da solidão espalhando móveis coloridos pela casa. Sua única alegria era visitar o túmulo do Raul, seu marido, que ficava no Cemitério Municipal Luz das Almas. Uma vez por semana limpava, colocava flores naturais, acendia velas e conversava com o saudoso companheiro que a deixou tão cedo.

Tantas visitas naqueles anos todos a tornaram conhecida de outras viúvas e parentes que, longe da frequência de Dona Mercedes, por ali passavam para amenizar saudades. Isso testemunhavam Seu Anacleto e Dona Márcia, o casal de zeladores que vivia em um apartamento colado à Capela Mortuária.

Muitos poderiam imaginar que o trabalho deles era um grande sacrifício. Que nada! Viviam muito felizes cuidando daquele espaço tão importante para alguns.

– Tenho medo é dos vivos! – brincava Seu Anacleto com um sorriso caloroso.

– No começo, até que tinha um pouco de medo – arrematava a esposa do zelador –, mas acostumei!

DOIS

Roberta acordou um pouco antes de o despertador tocar. Aliás, este era um problema que não tinha: acordar cedo. Embora trabalhasse à tarde, programava várias atividades para aproveitar bem as manhãs. O fato de pular cedo da cama também não atrapalhava o desempenho na escola. Já fazia dois anos que optara por estudar à noite; dessa forma, tinha mais tempo para dedicar-se ao estágio que era a grande paixão da sua vida: o jornalismo.

Ao olhar-se no espelho do banheiro, enquanto escovava os dentes, a garota não pôde deixar de perceber as fundas olheiras, sinais evidentes das poucas horas de sono.

– Estou parecendo uma panda – resmungou entredentes, enquanto aplicava um corretivo em volta dos olhos.

Depois da leve maquiagem, deu uma última mirada na sua imagem refletida e pensou que seria muito bom se conseguisse apagar a dor que ia por dentro do peito.

Voltando da toalete, constatou que Mustafá já arranhava a porta e emitia miados curtos, sinal de que queria sair do quarto. Deu passagem ao grande gato de pelo cinzento e, depois de vestir-se com seus tradicionais jeans, tênis e camiseta – confortáveis e práticos – e de colocar na bolsa *A morte e a morte de Quincas Berro D'água*, saiu para tomar o café que Dora, pelo cheiro que vinha do corredor, já havia colocado na mesa.

A mãe lia o jornal sentada na cabeceira da enorme mesa retangular. Da janela do apartamento, podia-se ver que Vale Santo também acordava e que o dia seria ensolarado. Dona Berenice levantou os olhos do periódico e quebrou o silêncio:

– E então, dormiu bem?

Sem vontade de responder, apenas fez um movimento de ombros que não dava para distinguir bem qual resposta queria dar, mas que a mãe entendeu como: mais ou menos.

– Você vai ficar em casa hoje?

– Não. Vou para o Jornal mais cedo hoje.

– Vestida assim?

– Mãe, vou todos os dias assim...

– Não consigo acostumar...

Dona Berenice continuou a olhar para a filha com ar de reprovação. As duas até que eram bem parecidas. O mesmo cabelo cor de fogo e certa obstinação no olhar. Como a garota não falou mais nada, a mãe continuou:

– Viu só as fotos do casamento da Cidinha Passos? Um luxo. Aqui diz: "O magnífico banquete foi criado pelo renomado *chef* Alberto Alvarenga. Os convidados foram intimados a comparecerem de preto para não ofuscarem a pureza do vestido branco, assinado pela virtuose Flora Thomé." Será que esqueceram de nos enviar o convite? Pode ter se perdido ao chegar aqui em casa. Preciso ver isso com Dora.

Roberta não disse nada. Já havia cansado dessa temática de discussão. Os convites para a vida social de Vale Santo acabaram desde o dia em que correu à boca pequena a notícia de que os pais estavam separados. Embora ninguém na cidade tocasse no assunto, no fundo todo mundo sabia que eles não viviam mais juntos. Dona Berenice até que tentava reunir as antigas amizades, mas sua condição de divorciada era inaceitável às famílias de bem da cidade. Assim, ao ficar viúva, encontrou refúgio nas obras assistenciais do Country Club.

Depois do café, Roberta afagou a cabeça de Mustafá, que já havia se acomodado em cima da almofada do sofá da sala, deu um beijo em Dora, a velha empregada que a viu crescer, resmungou um até mais para a mãe e ganhou a rua. Antes de chegar ao trabalho, precisava fazer uma visita um tanto dolorosa.

TRÊS

Durante os últimos anos, Dona Mercedes acabou se tornando muito amiga do casal de zeladores do Luz das Almas. No dia da visita a Raul, invariavelmente acabavam almoçando juntos. Foi numa dessas idas que surgiu a ideia que iria aproximá-la ainda mais daquele cemitério.

— Seu Anacleto, não estou gostando desse lugar. A Veruska dá muito trabalho. Onde já se viu? Está toda descascada. Ninguém vem dar uma pá de cal. Se não arrumo de vez em quando, fica completamente abandonada. É como digo!

— Mas ela não é sua responsabilidade, Dona Mercedes. O importante é que Seu Raul está sempre aprumado.

– Não quero ser vizinha da Veruska. Não mesmo! Está passando uma coisa aqui pela minha cabeça.

– Posso saber o que a senhora está matutando?

– Pode, sim. Quero fazer um jazigo pro Raul e pra mim também. Será que consigo um lugarzinho melhor, Seu Anacleto?

– Pois veja! Vamos dar uma caminhada por aí. Quem sabe outro espaço acaba lhe agradando.

Foram até o outro lado do cemitério. Lá, havia um frondoso ipê que, na primavera, se enchia de flores amarelas e era uma alegria para os olhos ver os túmulos coalhados de pétalas.

– Gostei daqui, Seu Anacleto, será que temos um espacinho?

– Não é que está com sorte! Transferiram os moradores do C18 para o Ossário da Cripta Central. O terreno é grande, antigo. Dá pra construir uma mansão, nem parece com as quitinetes que tem por aí.

– É bom mesmo, Seu Anacleto. O senhor tem o telefone dos proprietários?

– Vou ao escritório pegar o cadastro.

Enquanto o zelador se distanciava, Dona Mercedes sentou-se à sombra do velho ipê. Observava o local onde ergueria sua última morada. Talvez ali ela pudesse, enfim, descansar ao lado do seu querido Raul.

Viu quando uma garota se aproximou de um túmulo recém construído. Colocou um cravo branco junto à foto e ficou olhando tristemente para a imagem presa no cimento da lápide. Percebeu que a jovem de cabelos ruivos chorava. Caminhou até lá. Chegou de leve ao lado da desconhecida. Pôs a mão em seu ombro, tentando confortá-la. Aqueles olhos pareciam uma piscina azul transbordando água. A menina não ofereceu resistência. Recebeu o abraço e deixou que o pranto lavasse sua alma.

Depois de mais calma, as duas sentaram num dos velhos bancos de ferro espalhados pelo cemitério.

– Sou a Mercedes.

– Me chamo Roberta.

– Nunca a vi por aqui.

– Meu pai faleceu há pouco tempo. Hoje foi a primeira vez que voltei para visitá-lo.

– É... A vida nos prepara poucas e boas, mas temos que ser fortes e enfrentar, pois o tempo acaba curando todas as feridas. De vez em quando dói um pouco. Porém, é como digo, nada que a gente não possa aguentar.

– Nunca me dei bem com ele – revelou a garota – só que agora, depois da sua partida, sinto que nossa relação poderia ter sido melhor.

A chegada do zelador interrompeu a conversa das duas.

– Seu Anacleto, olha só quem conheci. Esta é a Roberta. O pai dela vai ser meu vizinho. Conseguiu o telefone?

A garota fez uma cara de quem não estava entendendo aquela história de vizinha do pai dela, mas Dona Mercedes esclareceu:

– Decidi preparar minha morte. Acho que cheguei naquela fase da vida em que nada mais tem muita graça. Viver já não me faz muito bem. Vou deixar tudo pronto pra quando chegar a hora. É como digo: não quero dar trabalho a ninguém!

– Bom, preciso ir. Estou atrasada pro trabalho.

– Tão novinha e já trabalha?

– Sou estagiária no Jornal Progresso. E não sou tão nova assim, tenho 17 anos. Ano que vem vou pra faculdade de jornalismo.

– Volte na próxima semana, minha filha! Estarei aqui por essa hora.

– Se puder, venho.

E afastou-se em direção ao grande portão de ferro que separava os vivos dos mortos.

QUATRO

Roberta chegou à mesa de trabalho e ligou o computador para dar início à rotina diária. Por localizar-se em uma região serrana, o sinal da internet em Vale Santo era bem precário, o que dificultava bastante os afazeres da equipe. Enquanto a máquina dava sinal de vida, cumprimentou os presentes: Pérsio, o diretor e editor desde que o pai se aposentara, e Goreti Valau, que cuidava da coluna social, obituário, aniversários e horóscopo. Baltazar Ferreira, ou Ferreirinha, que ainda não havia chegado, desempenhava as funções de repórter, cronista de futebol, plantão policial e coberturas jornalísticas em geral. Roberta encarregava-se da digitação e auxiliava o chefe na edição do jornal.

Ao preparar-se para mais um dia de labuta, pensava no acaso que a vida lhe proporcionou naquela manhã. Não esperava encontrar aquela mulher tão interessante no cemitério. Foi lá apenas para tentar amenizar a tristeza que a ausência do pai havia deixado na sua vida. Era um sentimento estranho; claro que a relação pouco amorosa que tivera com o pai lhe afetara, mas longe de ser traumatizante. Percebia que a morte repentina dele havia deixado nela um vazio, daquilo que poderia ter acontecido, de uma relação que não existira. Começou a perceber como a vida prepara algumas surpresas. De repente, sem mais nem menos, lá estavam, ela e uma desconhecida, falando uma da outra. Contou mais de si mesma, naquele curto espaço de tempo, como até então nunca havia falado com alguém.

Roberta não fazia questão de se envolver com a vida particular dos colegas, bastava a relação profissional. Aliás, na escola também não era diferente, a maior parte das turmas do noturno compunha-se de gente que trabalhava o dia todo na fábrica, convivia apenas o suficiente, sem muita intimidade.

O que sabia de cada um ali do Jornal não ia além do corriqueiro. Não tinha amizades profundas, apenas conhecidos. Sabia que Pérsio era casado, tinha 40 anos de idade e assumira os negócios do pai. Baltazar Ferreira andava pela casa dos 30 anos, desposara uma moça de boa família, era bonachão e conhecido de toda cidade. Alguns casos, o repórter acabava solucionando antes da polícia de Vale Santo, muito embora nada de muito grave acontecesse naquele fim de mundo. Goreti Valau tinha uma voz vibrante que, muitas vezes, beirava à irritação. Sabia de todos os acontecimentos relacionados à alta sociedade. O restante da população não lhe interessava em nada. Se não for a nata da elite – dizia esnobemente – não perco meu rico tempo. Roberta desconfiava das fontes utilizadas para a elaboração do horóscopo semanal. Tinha em mente que as previsões saíam da imaginação delirante da afetada colunista.

Na repartição, havia um setor praticamente externo, a gráfica, que funcionava apenas na noite de sexta-feira para sábado. Durante os demais dias da semana, a equipe recolhia notícias dos principais fatos da cidade, elaboravam uma reportagem especial de algum assunto relevante, montavam o periódico e o deixavam pronto para a reprodução. Essa era a rotina de trabalho no Jornal Progresso – A voz da verdade de Vale Santo.

CINCO

– Que bom que veio! E chegamos quase juntas! – exclamou Dona Mercedes quando viu Roberta se aproximando. – Primeiro, fale com ele – apontou para o túmulo de mármore escuro. – Depois, chegue aqui – orientou sentada no velho banco de ferro sombreado pelo ipê de longos galhos esparramados.

Após lançar um olhar para o retrato do pai, Roberta sentou-se ao lado da velha senhora.

– E então, minha filha, está melhorzinha?

– Um pouco. Na verdade, é como disse, minha tristeza não é tanto pelo que vivi, mas justamente pelo que podíamos ter vivido.

– É como digo! Normalmente só sabemos que gostamos realmente de alguém quando já é tarde demais. Meus filhos mesmo, nem me visitam, acredita? O Raul e eu procuramos um apartamento grande, pois três crianças iam encher o ambiente... Cresceram e me abandonaram. Só ligam. Tem dias que deixo o telefone tocar, só pra eles pensarem que eu não estou bem e venham fazer uma visita. Mas tenho de me cuidar, senão daqui a pouco eles me colocam em um hospício, e de louca não tenho é nada.

Roberta sorriu com o jeito da velha senhora. Aquele sotaque diferente era engraçado. Resolveu perguntar sua nacionalidade:

– A senhora não é brasileira, não é mesmo?

– Não, mas me sinto como se fosse. Há duas décadas que vivo aqui. Sou de Buenos Aires, conhece?

– Não, mas já li alguma coisa sobre. A senhora sente saudade de sua terra natal?

– Um pouco, mas não tenho parentes próximos lá. Sou filha única. Casei e logo depois meus pais faleceram. Raul botou na cabeça que tinha que vir para cá em busca de trabalho, então acabamos nos mudando. Hoje meus filhos estão tão bem ambientados na capital que acho difícil voltarmos.

– Ouvi dizer que a arquitetura de lá é belíssima.

– Se é! Alguns falam que é uma Europa na América Latina. Não sei se é verdade, pois nunca fui para o Velho Mundo, mas os prédios são lindos mesmo. O que mais gosto é da culinária. Um chouriço agora... ai! Chega dar água na boca! E as *medialunas* com café com leite...

– No outro dia, ouvi que a senhora falou em construir sua casa aqui no cemitério, que história é essa?

– Ah! – riu Dona Mercedes. – Quero erguer um jazigo para quando chegar a minha hora e vou transferir o Raul. Não gosto da Veruska.

– Quem é Veruska?

– A vizinha do Raul.

A garota olhou para a velha sem entender.

– A Veruska está sepultada ao lado do meu falecido marido.

– A senhora não gosta de uma pessoa que já morreu? Pelo menos a conhecia?

– Não, não conheci. Acontece que o túmulo dela é muito mal cuidado, ninguém a visita. Dá muito trabalho. Além de olhar pelo Raul, acabo sempre dando uma atenção a ela. É como digo: falta de respeito dessa gente que abandona seus entes queridos!

– Vai ver não tem mais parentes morando na cidade. Além do mais, a senhora não acha que o cemitério é mais importante para os vivos do que para os mortos? No fundo, tudo aqui é uma ilusão de que quem amamos está próximo. Para mim, estão muito longe...

– Não entendi muito bem esse negócio de agradar os vivos. O que sei é que, de onde venho, os mortos são bem cuidados. Não ficam abandonados ao deus-dará. Tem que ver o capricho. Uns jazigos vistosos, com escadarias que vão ao subterrâneo. E o caixão não é escondido, fica à vista. Um luxo.

– Eu que não desço nessa escadaria subterrânea...

– Sua boba! Morto é morto, não tem que ter medo.

– É, mas, por via das dúvidas, eles lá e eu cá!

– Está certo. Mas, e você? Conte um pouco da sua vida. Percebi que estava tão tristonha na semana passada olhando para seu pai.

– Não convivi muito com ele. Sempre foi distante, envolvido com o trabalho. Nos deixou quando eu tinha uns 12 anos, então tudo que lembro são as visitas em datas especiais: aniversário, Páscoa, Dia da Criança, Natal. Ultimamente, nossas conversas acabavam sempre em discussão. Não quis seguir a mesma carreira dele, quero ser jornalista e ele insistia para que fizesse Direito.

– Mas se não é o que quer, ninguém pode te obrigar.

– Diga isso para aquele senhor – Roberta indicou o túmulo do pai. – Sempre foi teimoso. Falava que jornalista não ganha dinheiro. Não quero só grana. Espero fazer algo realmente interessante da vida.

– Acho que não o conheci – Dona Mercedes falou aproximando-se da sepultura.

– Foi prefeito de Vale Santo anos atrás.

Só então reconheceu o nome preso em letras prateadas ao lado da foto: Altamiro Peixoto.

Seu marido trabalhou para ele.

SEIS

Descobrir que alguma coisa do passado a ligava àquela moça de olhar tão triste deixou Dona Mercedes um tanto tocada. Sempre foi uma sentimental, mas o fato do seu querido Raul ter trabalhado diretamente com o pai de Roberta fazia com que redobrasse seu instinto de proteção em relação à garota.

Os encontros foram se tornando ainda mais frequentes; toda quarta-feira, no banco de ferro retorcido, no silêncio do Cemitério Municipal. Aos poucos, a intimidade entre elas foi aumentando e, como num quebra-cabeças, as peças soltas da vida de cada uma foram se juntando; assim, começaram a se conhecer mais profundamente.

– Éramos pobres na Argentina. Tivemos que nos mudar pra cá em busca de um futuro melhor. Em parte, acabamos encontrando, só não esperava que o Raul partisse tão cedo e que eu fosse praticamente esquecida pelos meus filhos.

Roberta viu os olhos da mulher se encherem de lágrimas. Sentiu o coração apertado.

– Filho é interessante! – continuou Dona Mercedes. – Pelo menos com os meus aconteceu assim: eram muito apegados, mas, de repente, sem mais nem menos, foram se distanciando, se trancando nas próprias vidas. Mal me visitam. O mais velho trabalha num banco, acabou influenciando os mais novos a irem para a capital.

– E a senhora já tentou falar com eles, explicar que se sente sozinha?

– Não acredito que seja necessário falar esse tipo de coisa. Ou se sente falta de alguém, ou não se sente. Não posso obrigar meus filhos a terem saudades.

– Se tivesse uma mãe como a senhora, com certeza não deixaria assim sozinha. Parece que as famílias estão todas erradas. Eu deveria ser sua filha.

– É complicada a relação com a sua mãe?

– Mal nos falamos e, ao contrário do que ele fazia – e apontou para o túmulo paterno – desde o baile de debutantes frustrado, não interfere muito na minha vida.

– Ela faz o quê?

– Vive da pensão do meu pai. Nunca aceitou a separação, continuou com o sobrenome dele. Sua maior preocupação é o que a sociedade pensa. Foi muito complicado conquistar minha liberdade num ambiente assim. A maior alegria da vida dela é participar de algum evento do Country Club e sair na coluna social do Progresso.

– Vou dizer uma coisa: não sou sua mãe, mas posso ser sua amiga. Pode contar comigo quando precisar de algo, mesmo que seja apenas um ombro pra desabafar algum problema.

Dizendo isso, Dona Mercedes pegou a mão de Roberta, selando aquela amizade embaixo do enorme ipê que começava a perder as folhas com a chegada do inverno. A conversa foi interrompida pela aproximação do zelador.

– Bom dia, como vão as senhoritas?

– Obrigado pela parte que me toca – respondeu rindo a velha senhora.

– Tenho uma boa notícia: já estamos com a licença na mão.

– Que maravilha! Podemos colocar a mão na massa, então? O senhor conhece algum pedreiro?

– Olha, tem uns meninos que sempre estão por aqui fazendo esse tipo de serviço.

– Vamos falar com eles. Quero começar logo o trabalho para transferir o Raul no dia de seu aniversário.

– Quanto tempo falta? – indagou a garota.

– Três meses.

SETE

 Dona Mercedes poderia ter sido uma ótima arquiteta. Pelo menos era isso que Seu Anacleto dizia aos pedreiros contratados para a edificação do jazigo perpétuo da família Rosales. Depois de acertados os trâmites legais com a Prefeitura Municipal, a idealizadora reuniu-se com os construtores, acompanhada pelo zelador. A velha senhora explicou como seria a obra. Com lápis e papel, desenhou o espaço subterrâneo, a escada em caracol e os nichos destinados aos sepultamentos futuros, nos quais estava incluída.

 Realmente o projeto foi uma grande surpresa para os rapazes, Bruno e Davi, que herdaram do pai a prática da alvenaria. Como nunca faltava trabalho por ali, praticamente desenvolviam seu ofício somente no cemitério. Normalmente, ninguém pedia algo fora do padrão, exceto Dona Mercedes, que propôs uma obra completamente incomum.

 – O cliente tem sempre razão – declarou Davi com ar divertido. – Se o que a senhora quer é um jazigo diferente, é isso que terá!

 Bruno concordou com um sorriso sincero de dentes brancos que contrastavam com sua pele negra.

– Então estamos acertados! Digam o que irão precisar. Quero iniciar o quanto antes.

– No que depender de nós, começamos hoje mesmo! – acrescentou Davi.

– Gosto de gente decidida! – arrematou sorrindo o zelador.

– É como digo! – exclamou a velha senhora dando por encerrada a reunião e indo para o centro da cidade com a lista de materiais de construção a tiracolo.

Assim principiou a construção do jazigo, última morada de Dona Mercedes, edifício diferenciado no cemitério Luz das Almas, na cidade de Vale Santo, onde ela repousaria em paz quando Deus quisesse que chegasse a hora.

OITO

A obra ia de vento em popa. Dona Mercedes estava muito contente com a escolha dos rapazes, pois eram muito atenciosos, e acompanhava tudo de perto. Chegava de manhã, um pouco depois de Davi e Bruno, e ficava dando seus palpites até ao meio-dia. Ela mesma providenciava o almoço, ia ao restaurante próximo ao cemitério e trazia algumas viandas. A mulher do zelador só tinha o trabalho de arrumar a mesa e lavar a louça depois da refeição. Dona Márcia até que estava gostando, pois desde que a construção havia iniciado, pelo menos durante a semana, não precisava se preocupar com as panelas.

– Vou sentir sua falta quando tudo ficar pronto, Dona Mercedes!

– Não se preocupe, nas quartas-feiras poderemos repetir os almoços.

Quem também continuava visitando o cemitério nas quartas era Roberta. A garota aparecia pelas 9 horas e permanecia até o fim da manhã. Um dia, Dona Mercedes a convidou para ficar e mais um prato foi colocado à mesa.

Depois de almoçarem, as duas ficaram conversando, enquanto Bruno e Davi descansavam na sombra do velho ipê.

– Como alguém tão de bem com a vida como a senhora pode pensar em morte?

– Minha filha, não estou pensando, nem preocupada. O fato é que chegou um momento em que fiquei sozinha e me dei conta de que a hora derradeira vai chegar. Não quero ser pega desprevenida. No mais, ver alegria na vida não impede de pensar no além. Sabe, quando o Raul se foi, só não cometi uma loucura por conta das crianças. Sofri como uma condenada. Depois, aquela dor toda foi se transformando em saudade e pude entender que a morte faz parte da vida.

– Acho que quando se é jovem o fim da vida é algo tão distante. Nem acreditei quando recebi a notícia de que o pai havia falecido.

– Exatamente! – arrematou a velha senhora passando um braço sobre os ombros da garota. – Mas um dia ela chega, estejamos preparadas ou não.

As duas pararam em frente ao velho portão de ferro. Roberta afastou o cabelo, que começava a embranquecer, da testa da amiga e, na ponta dos pés, deu-lhe um beijo na bochecha. Apertando aquelas mãos marcadas pelo tempo, disse:

– Dona Mercedes, a senhora é uma grande mulher!

NOVE

Um mês depois de iniciada, a obra já havia tomado forma. O andar inferior estava praticamente terminado. Davi e Bruno fixaram a escada de metal em formato caracol para que pudessem descer ao subterrâneo antes mesmo do andar superior ficar pronto. Dona Mercedes quis ver de perto se tudo estava como planejado.

— Vou colocar um jogo de sofás para quando as visitas chegarem. Não disse que seria um bom espaço, Seu Anacleto?

— Então, não imaginava que fosse ficar tão grande. Dá pra fazer uma festa! Com o perdão da palavra...

— Não se preocupe — riu da espontaneidade do zelador. — Vai ficar um ambiente bem acolhedor. Já que meus filhos não aparecem em casa, pode ser que aqui venham.

— Uma coisa posso lhe dizer, eles é que perdem. Os filhos só dão valor mesmo depois que os pais já se foram.

– É verdade, mas a vida continua. Vamos lá, meninos, que está ficando bom!

Empolgada que estava com a construção, Dona Mercedes ficou no cemitério até um pouco mais tarde que o costumeiro. Quando se deu conta de que os rapazes já iam embora, as sombras já se pronunciavam por sobre o muro que cercava o local.

– Seu Anacleto, preciso de um táxi. Daqui a pouco já vai anoitecer e, nessa hora, o ônibus passa lotado.

– Pode deixar que vou providenciar.

O veículo custou a chegar. Vários cafezinhos depois, perceberam que o carro parava em frente ao cemitério. A velha senhora despediu-se do casal e encaminhou-se para a saída.

A noite havia caído completamente. De longe, enxergou o táxi à espera. Quanto mais se aproximava, mais percebia que o motorista olhava estranhamente para o portão, que rangia empurrado pela brisa que balançava os galhos das altas árvores que cercavam o terreno.

Dona Mercedes viu quando uma coruja pousou na cruz que encimava a entrada do campo santo. Percebeu também que o taxista olhava fixamente para a ave que, depois de sacudir as asas, soltou um piado sinistro e fantasmagórico. Estava acostumada a andar por ali de dia, mas, àquela hora da noite, sentindo o vento, vendo as sombras que se formavam entre as cruzes nos túmulos e percebendo os anjos enormes que pareciam querer voar a qualquer momento para cima dela, sentiu certo medo, uma vontade enorme de sumir dali.

Pensando em tudo isso, apertou o passo. Chegou rapidamente ao portão e, puxando-o com força, saiu para a rua.

A coruja voou assustada com o barulho produzido pelo ferro raspando nas pedras. O taxista deu um grito e partiu em alta velocidade.

DEZ

– Então a senhora pregou um susto danado no taxista? – gracejou Roberta quando soube do incidente na noite anterior.

– Mas não foi intencional. Saí muito apressada. Pra falar a verdade, também tive um pouco de medo,

A VERDADE EM PRETO E BRANCO

nunca tinha andado à noite por aqui e, confesso, o ambiente não é muito agradável depois que escurece.

– Ah, não deve ser mesmo! De onde Seu Anacleto e Dona Márcia conseguem tanto sangue frio?

– Acostumaram. Aliás, a gente se habitua com tudo na vida. Olha só, por exemplo, um estudante de medicina: no primeiro dia em que vê um defunto pela frente, já desmaia. Depois, acompanhar uma autópsia se torna algo tão corriqueiro... Segundo Seu Anacleto, só os vivos é que nos tiram a paz.

– Bom, pode até ser, mas não somos médicas, nem zeladoras de cemitério, então nosso medo é bem normal.

– E então, está gostando da obra? Não vai ficar um espetáculo?

– Está ficando lindo!

– Vamos entrar pra ver de perto – disse a velha senhora conduzindo a moça pela mão.

Davi e Bruno já colocavam o telhado no jazigo projetado pela viúva, que ia explicando cada detalhe da construção:

– Como pode ver, as janelas vão dar um efeito muito bonito aqui dentro, pois vamos colocar nelas vitrais coloridos, de modo que cada parede vai deixar a luz passar em qualquer hora do dia. Em Buenos Aires tem um cemitério bem famoso no bairro Recoleta.

Quando for lá, não pode deixar de visitá-lo, tem muita história naquelas velhas catacumbas. Numa delas está sepultado um antigo funcionário. Contam que mandou fazer uma lápide na Itália, toda em alto relevo, com data de nascimento e de sepultamento. Quando o ano que indicava a morte chegou, o rapaz despediu-se de todos e acabou com a própria vida.

– Isso é que eu chamo de apegar-se aos pequenos detalhes... Que triste!

– É... Há muitos mistérios naquele cemitério. Certa vez, passei pelo túmulo da menina que morreu duas vezes. Era uma moça chamada Rufina, na noite em que completaria 19 anos, seria apresentada para a sociedade em um baile. Para desgosto da família, foi encontrada morta em seu quarto. Um médico confirmou o triste diagnóstico, no entanto, dias depois, o caixão foi encontrado quebrado. Lembra que contei que, lá, os caixões ficam à mostra? Então, ao examinarem, descobriram que a parte interna do esquife estava toda arranhada. A família mandou construir uma estátua em tamanho natural da menina com a mão na maçaneta do jazigo, como quem quer sair ou entrar no mundo dos mortos.

– Devia sofrer de catalepsia, uma doença que levou muita gente ainda viva para o túmulo – falou Roberta, toda arrepiada com a história que a amiga contou.

– E tem muito mais fatos estranhos, como o do casal que brigou a vida toda. O marido faleceu primeiro, então a esposa mandou construir um lindo túmulo com um busto dele olhando para o sul. Seu último desejo foi de que, ao morrer, a estátua que a retrataria ficasse virada para o lado oposto. Não se falavam durante a vida, não seria na morte que teriam essa oportunidade...

– De tanto a senhora falar, já estou louca para conhecer esse lugar!

– É lindo! A maioria das pessoas vai lá para visitar a última morada da mais querida primeira-dama que a Argentina já teve: Eva Perón, ou Evita, como o povo a batizou. Todo mundo pensa que vai encontrar um monumento arquitetônico em sua homenagem, mas está sepultada no mausoléu da família, uma construção discreta e apertada num dos corredores do cemitério.

– Já li algo sobre a vida da Evita. Realmente, tem uma bela história. Sofreu muito, era pobre, mas acabou se tornando esposa do presidente e muito querida pelo povo.

– Poderia ficar aqui a manhã toda contando histórias sobre a Recoleta, mas prefiro que um dia vá até lá e as descubra por conta própria.

– Podemos ir juntas, que tal?

– Quem sabe... – respondeu a velha senhora abrindo um largo sorriso para sua jovem amiga.

– E esta construção, será parecida com os jazigos da sua pátria?

– Até que gostaria de fazer como os de lá, mas não vai combinar com o cemitério daqui. Já pensou se mando construir e fica uma obra muito pomposa? Seu Anacleto me disse que poderiam querer assaltar, pois existem quadrilhas especializadas em violar túmulos para roubar joias, dentes de ouro... Não aqui em Vale Santo, que essa cidade não existe de tanta paz, mas no mundo tem gente de todo tipo. Não vai demorar e acabam com nosso sossego! Não quero correr o risco de pensarem que sou rica. É como digo, não ostento nada enquanto viva, não vou ostentar na morte. Então, aqui vou colocar uma mesa, dessas antigas e estreitas, com vários queimadores. A pessoa entra, acende uma vela, olha os retratos pendurados nas paredes e desce esta escada em caracol. Vamos lá.

Mesmo no subsolo, a luz que entrava pelas janelas deixava o espaço com uma boa luminosidade. Dona Mercedes continuou explicando para Roberta como tudo estava distribuído ali embaixo:

– Este lado está cheio de nichos. Olha só estas marcas na parede, as placas estão encaixadas aí e saem com facilidade. Aqui, quero colocar um tapete e algumas poltronas, para as visitas poderem descansar. Afinal, não é por que aqui é um cemitério que precisa ser desconfortável.

– Realmente, sua obra está ficando muito bonita. E que cores escolheu para a pintura?

– Alegres! Não gosto dos tons tristes que rondam por aqui. Claro, não vou transformar minha última morada num carro alegórico, mas quero que, ao olharem para esta construção, as pessoas pensem na felicidade, na alegria de estar vivo, de aproveitar a vida de alguma forma.

– De vez em quando, não lhe entendo. A senhora está preparando algo para sua morte, mas ao mesmo tempo fala em felicidade... Morrer pra mim é algo triste, é separação, é sofrimento, é o fim da vida.

– Há dias, não estava muito alegre. Faz duas semanas que meus filhos não falam comigo. É como digo, a sensação que tenho é que moram em outro país e não ali, na capital. Como pode ver, não são motivos para dar pulos de felicidade, mas fui feliz. Tive uma vida carregada de alegria nos momentos em que convivi com o Raul, com meus filhos. Não quero encarar a morte como algo assim tão triste, como você a descreveu, mas como um mistério. Às vezes, penso que morrer seja como nascer. Não é fácil sair do útero da nossa mãe, aquele lugar quente e protegido, onde não falta comida e carinho. E, de repente, somos expulsos de lá, à força, com dor, sofrimento, em busca de ar. Morremos para aquele útero, mas nascemos para esta vida. Até o momento da concepção não somos praticamente nada, e depois nos transformamos em pessoas de carne, osso e sentimento. Pode ser que esse milagre da vida não acabe aqui – e bateu com a mão no local destinado à sepultura.

– Talvez a senhora tenha razão. Nunca pensei muito nessas coisas.

– É que você ainda é jovem, minha filha. Posso te dar um conselho? Nem pense nisso agora, apenas se preocupe em não negá-las e em buscar a sua felicidade.

– Está bem, vamos tomar um café que preciso ir para o Jornal.

E saíram para o calor da tarde que iniciava, deixando para trás os dois irmãos que colocavam as últimas peças no telhado da construção que quase alcançava os galhos do velho e frondoso ipê amarelo.

ONZE

Três meses depois de iniciado, o jazigo amarelo com detalhes em branco e marrom, contrastando com o tom cinza predominante, estava concluído. Os vitrais cobriam as janelas e a porta, enchendo de luzes coloridas o espaço interno.

— Dona Mercedes, ficou uma belezura só! — exclamava Seu Anacleto. — Dá até vontade de morar aí dentro.

— É mesmo, os meninos estão de parabéns! — elogiava a idealizadora do projeto arquitetônico.

— Mas o crédito é todo seu — retrucava Davi. — A gente só fez o que a senhora mandou.

— Estou pensando se não seria bom colocar um ar-condicionado lá embaixo, para os dias de muito calor.

Os rapazes e seu Anacleto se entreolharam, estranhando a ideia. Antes de darem qualquer opinião, foram interrompidos pela chegada da jovem de cabelos cor de fogo.

— Roberta, que bom que chegou! Veja como ficou bonita nossa construção.

– Está mesmo, Dona Mercedes, estou até pensando em uma pauta no Jornal sobre a arquitetura cemiterial de Vale Santo.

– Até que não seria uma má ideia, pode ser que os parentes da Veruska criem vergonha na cara e venham ver o estado em que está a pobrezinha.

Todos riram da indignação da mulher. Logo depois, os homens se afastaram, indo para os seus afazeres, enquanto as duas entravam para que a garota conferisse com os próprios olhos o acabamento da obra. Tudo estava muito limpo. Os móveis chegaram no dia anterior e já estavam acomodados em seus devidos lugares. Desceram as escadas. Um lustre pendia do teto e, nos quatro cantos do cômodo, abajures em forma de anjo iluminavam o ambiente.

– Está tudo muito bonito! Seus filhos já sabem deste projeto?

– Falei com eles ontem. Pretendo fazer a mudança do Raul para cá na próxima semana. O aniversário dele será no próximo 18 de setembro. Gostaria muito que estivesse aqui, assim pode conhecê-los, que tal?

– Combinado. Que horas?

– Às 9 da manhã.

E ficaram as duas, sentadas nas confortáveis poltronas instaladas por Dona Mercedes no subsolo do jazigo da Família Rosales, admirando e comentando os detalhes da obra recém acabada.

DOZE

Chegou o dia do traslado dos restos mortais de Raul Rosales para sua nova e definitiva morada. A primavera se anunciava nos canteiros bem cuidados por Seu Anacleto e Dona Márcia. Aliás, essa era uma característica de Vale Santo, pois, como a cidade vivia do que as abelhas produziam, os espaços vazios eram ocupados por rosas, onze-horas, cravos, palmas e outras qualidades de flores. No Luz das Almas não era diferente. Como dizia Dona Mercedes: É o que salva a Veruska! Os sepulcros abandonados podiam contar, pelo menos na primavera, com a beleza dos jardins do casal de zeladores. Como o município está localizado em uma região serrana, no inverno, o cinza se destaca nos túmulos e nos dias nublados. Bem diferente estava a data do aniversário de Raul: um sol lindo no céu azul deixava a manhã perfeita para celebrar a vida.

Dona Mercedes chegou ao cemitério acompanhada dos filhos Pablo e Raquel, e em seguida avistaram Laerte.

– Como está, primo? Quanto tempo que não nos vemos, hein?

– Pois é, Mercedes, você sumiu, nunca mais apareceu – respondeu o homem alto, que aparentava a mesma idade da sua interlocutora. Mostrava-se muito simpático, era calvo e tinha uma barriga protuberante mal disfarçada no terno preto.

Dona Mercedes mostrou aos presentes a obra que, com tanto carinho e trabalho, planejara para o descanso perpétuo da família. Depois de conferirem a construção, sentaram-se no velho banco de ferro, embaixo do florido ipê amarelo. Aguardavam o casal de zeladores, Bruno e Davi, que fariam a abertura do antigo túmulo e transportariam os restos mortais do falecido para sua nova morada, e o filho mais velho, Nicolas.

O barulho de ferro sendo arrastado nas pedras fez com que todos se voltassem para o portão de entrada. A bonita garota de cabelo ruivo entrou no cemitério com um sorriso tímido nos lábios. Vestia uma camiseta branca, uma calça jeans azul-clara, um pouco puída, e um tênis próprio para caminhada. Com a simplicidade costumeira, aproximou-se do grupo e abraçou a velha senhora dando-lhe um beijo no rosto.

Pablo e Raquel ficaram um tanto surpresos com a chegada da desconhecida, ainda mais que as duas pareciam tão íntimas. Dona Mercedes fez as apresentações:

– Esta é a Roberta. Nos conhecemos aqui no cemitério. Ela visita o pai que, por sinal, vai ser vizinho do Raul. Eles já trabalharam juntos, pois seu Altamiro foi prefeito de Vale Santo na época em que o pai de vocês ainda vivia nesta terra. Aquela é Raquel – apontou para a filha –, está estudando para consertar a coluna das pessoas!

A recém-chegada estendeu a mão para a moça um pouco mais alta do que ela e que naquele momento revirava os olhos e fazia um movimento de cabeça como quem diz: minha mãe não tem jeito. Aparentava uns 20 anos e era bem parecida com Dona Mercedes, com olhos e cabelos castanhos. Usava um vestido preto com pequenas flores de tecido branco aplicadas artesanalmente, o que lhe dava um ar ainda mais jovial.

– Muito prazer! – disse Raquel. – Sou massoterapeuta.

– E este é Pablo, meu filho do meio. Adora jogo de computador, ainda não sabe o que quer da vida, mas parece que vai trabalhar com bichos...

– Quero ser biólogo, Dona Mercedes – riu matreiramente o rapaz de cabelos arrepiados e piercing no nariz estendendo a mão para Roberta que, neste momento, enrubesceu, talvez por saber que os filhos estavam um tanto distantes da mãe e que esta aproveitava a situação para deixar isso bem claro na frente de uma estranha.

– Bom, crianças, vamos indo lá para o túmulo do Raul enquanto aguardamos a chegada dos rapazes que vão nos ajudar e do Nicolas, que está atrasado. Onde se enfiou esse menino? Raquel, ligue para o seu irmão, por favor!

Nesse instante o telefone celular de Roberta tocou e ela rapidamente abriu a bolsa para procurá-lo. Distanciou-se do grupo para atender a ligação. Ao voltar-se, viu que Pablo havia ficado para esperá-la.

– Minha mãe – disse ela enquanto guardava o aparelho. – De vez em quando lembra que tem uma filha...

– Já vi que não é a única que tem problemas com a mamãe – gracejou o rapaz.

– Costumo dizer que não temos tantos problemas, pois quase não convivemos. Está tão preocupada em posar de boazinha nas campanhas assistenciais da cidade que fico relegada ao segundo plano. Mas isso até que, por um lado, é bom. Já pensou se me obrigasse a acompanhá-la naqueles jantares chatérrimos do Country Club? Pelo menos não se mete muito na minha vida.

– Vocês moram juntas? – perguntou Pablo enquanto caminhavam ao encontro dos demais.

– Moramos, mas quase não nos vemos. Assim que completar 18 anos quero sair de casa, talvez até mudar de cidade. Pretendo fazer jornalismo, estou terminando o Ensino Médio e sou estagiária no Jornal Progresso. E você, não quis continuar em Vale Santo?

– Não, essa cidade não é pra mim. Sabe que, quando venho de visita, me sinto um extraterrestre. Só por que fiz algumas tatuagens, arrepio o cabelo... Além do mais, Dona Mercedes acabava nos sufocando e superprotegendo. Sair de casa foi um grito de liberdade. Alugamos um apartamento e moramos os três na capital.

– E emprego, não encontrou nenhum, pelo que ouvi sua mãe falar?

– Até que encontrei, mas não tenho muita paciência pra trabalhar que nem todo mundo. A rotina acaba comigo. Até que me empolgo no começo, mas no terceiro dia que preciso passar aquele cartãozinho, que fica pendurado no pescoço da gente, naquela maquininha que controla meu tempo... É demais pra mim. Acabo sempre pedindo demissão.

– Pelo que Dona Mercedes disse, até que você é bom em jogos, por que não investe nessa carreira? É um mercado que tem crescido muito...

– Jogo por prazer. O que quero mesmo é trabalhar como biólogo. Sou louco pra mexer com isso. Nas férias do ano passado, a coroa me pagou uma viagem para uma reserva de tartarugas marinhas. Cara, é muito irado tudo lá! Aquilo faz a minha cabeça.

– E o que você está fazendo para se tornar um biólogo?

A pergunta ficou sem resposta, pois os dois haviam alcançado os demais. Seu Anacleto e Dona Márcia somaram-se a eles. Bruno e Davi também estavam a postos. Dona Mercedes começava a se incomodar com a demora do filho mais velho. Insistiu com Raquel:

– Minha filha, e então, onde esse rapaz se meteu?

– Calma, já está chegando!

Nisso, ouviram o barulho de um carro que parava em frente ao velho portão. Todos se viraram para conferir se era quem esperavam. O rapaz alto, num elegante terno azul-escuro risca de giz, cabelo muito curto, desembarcou no outro lado da rua. Antes de chegar à calçada oposta, acenou ao grupo. Então, um fato completamente inusitado aconteceu. Um veículo preto, com os vidros escurecidos por uma película que não permitia enxergar o condutor, dobrou a esquina em alta velocidade. Num primeiro momento, Nicolas ficou parado, olhando para o automóvel que vinha em sua direção, e, num pulo, saiu da rua. Não imaginou que o motorista invadiria a calçada e viria para cima dele. Até que tentou correr, mas já era tarde, o impacto o jogou como um saco de batatas contra o muro do cemitério.

O carro dobrou a próxima esquina e sumiu tão rapidamente quanto havia aparecido. Passado aqueles segundos que acompanham a paralisação pelo espanto, todos correram para verificar o estado de Nicolas. Roberta, mais que depressa, ligou para o hospital chamando uma ambulância. A mãe foi a última a chegar. Esbaforida, jogou-se ao lado do filho completamente fora de controle, sem saber se estava vivo ou morto, apenas suplicava:

– *Dios mío, ayúdame... Mi hijo, quiero mi hijo...*

Em momentos de nervosismo ou forte emoção, Dona Mercedes acabava misturando a língua portuguesa com sua língua materna. Enquanto isso, o rapaz continuava desmaiado. Pablo e Laerte o examinaram com o máximo de cuidado, sem saber seu real estado, cuidando para que ficasse com a cabeça e o corpo imobilizados até que o socorro chegasse.

Assim que a ambulância apontou na esquina, todos respiraram com alívio. Os paramédicos desceram e amarraram Nicolas a uma maca. Assim que o colocaram no furgão branco, acionaram o tubo de oxigênio e acoplaram a máscara em seu rosto. A mãe não abriu mão de ir junto. Laerte se prontificou a acompanhá-los de carro, e Raquel e Pablo decidiram pegar uma carona com o primo. Roberta não estava disposta a ficar ali, sem notícias, então acabou embarcando junto com os dois irmãos que, nesse momento, tinham o semblante transtornado de preocupação.

Laerte seguiu a ambulância de perto, fazendo com que a luxuosa camionete deslizasse rápida pelas curvas e esquinas da cidade. Tentando quebrar o gelo causado pelo nervosismo, comentou:

– Povo sem juízo! Onde já se viu? Correrem por aí que nem uns desesperados!

– Estou achando muito estranho tudo isso. A forma como aquele carro entrou na rua e subiu a calçada atropelando o Nicolas não pareceu algo inconsequente – objetou Roberta. – Vou avisar a polícia – lembrou a garota pegando o celular.

– Já vi que é meio metida a detetive – gracejou o motorista, muito embora o clima não estivesse para brincadeiras, lançando um olhar pelo retrovisor à

A VERDADE EM PRETO E BRANCO

passageira do banco de trás. – Pode deixar que aviso o delegado, deixe esse assunto comigo.

Então a ambulância parou abruptamente. Laerte, que seguia logo atrás, pisou no freio, fazendo os pneus cantarem no asfalto. Todos os passageiros foram, involuntariamente, lançados para frente, ao mesmo tempo em que os cintos de segurança entravam em ação, o que não impediu que Pablo levasse, instintivamente, as mãos à frente, abrindo sem querer o porta-luvas, fazendo com que uma quantidade de papéis e outros objetos saltassem lá de dentro se espalhando pelo chão e pelas pernas do rapaz.

Depois do susto, Pablo começou a colocar o material de volta no compartimento, pedindo ao primo mil desculpas pelo incidente. Ao abaixar-se, encontrou uma caderneta preta. Ao recolhê-la, se deteve um pouco aos seus detalhes. Roberta, que do banco de trás observava a cena, não deixou de achar aquele item familiar, mas o mais estranho foi a reação do condutor, que ao ver o rapaz com o pequeno caderno não conseguiu disfarçar uma careta de desagrado e simplesmente vociferou: – Devolva isso! – e o guardou no bolso interno do casaco. Dando-se conta da indelicadeza, esboçou um sorriso amarelo e também se desculpou por ter parado tão abruptamente.

55

Haviam chegado ao hospital, por isso desceram com pressa, tentando seguir os paramédicos. No entanto, foram barrados em uma sala de espera. Uma enfermeira avisou que deveriam aguardar por notícias ali. Dona Mercedes foi amparada pelos filhos e pelo primo.

Roberta não conseguia falar nada. Foi até a janela envidraçada, que dava para um jardim malcuidado, buscando disfarçar seu nervosismo e tentando organizar os pensamentos. Tudo acontecera muito rápido e ela achava irônico o fato de que, no dia da inauguração do novo túmulo, a família estivesse prestes a perder um dos membros; e aquele motorista maluco, aquilo não parecia ter sido um acidente. Lembrou da caderneta que Pablo juntara do assoalho do carro, o desenho impresso em dourado na capa lhe era familiar. Era como se houvesse passado por um *déjà vu*. Tinha a sensação de já ter visto aquela caderneta, aquele desenho em algum lugar. De repente, a lembrança lhe veio de forma precisa. Seu pai, Altamiro Peixoto, também tinha uma, com o mesmo desenho na capa, as mesmas asas douradas separadas por uma flauta.

TREZE

Roberta visitara muito pouco o pai. Após a separação, Altamiro acabou mudando-se para um pequeno apartamento retirado do centro da cidade. Ainda tinha a chave que ele havia lhe dado, tempos atrás, e que ela nunca usou, pois não se sentia à vontade para ir chegando e entrando no território paterno. Agora aquela chave seria muito útil.

Depois do expediente no Jornal, e antes de ir para a escola, decidiu que era hora de visitar o local onde o antigo prefeito passou seus últimos dias. O prédio era desses antigos, mas bem conservados, com poucos moradores. Cruzou pela recepção vazia, já que o prédio nunca necessitou de porteiro, e encaminhou-se para a escada que dava acesso ao terceiro andar. Ao chegar frente ao número 32, percebeu que algo não ia bem. A chave não entrava na fechadura, então forçou um pouco e viu que a porta estava só encostada. Empurrou a maçaneta, entrou, tentou acender a luz, mas possivelmente a companhia havia suspendido o serviço. Assim, enfrentou a penumbra, tropeçando nos móveis, chegou à janela e afastou a cortina. Ao virar-se, constatou que alguém antecipara a vistoria.

O coração reagiu aos pinotes. Pegou o celular para chamar a polícia. Antes de completar a chamada, a imagem do delegado lhe veio à mente. Não simpatizava com ele. Aquele homem não lhe inspirava confiança. Tinha qualquer coisa de pegajoso e sinistro naquele olhar. Decididamente não era uma boa ideia encontrá-lo ali. Mais tarde entraria em contato e o avisaria do ocorrido.

Todas as gavetas haviam sido reviradas. Desconfiou que procuravam o mesmo que ela. A semelhança daquelas cadernetas não era mera coincidência e precisava descobrir onde o pai a colocara, se é que já não a encontraram.

Depois de vasculhar o apartamento, acabou se convencendo de que a bendita caderneta não estava ali. Muitas dúvidas rondavam sua cabeça. Qual a ligação? Coincidência? Por que Laerte reagira de forma tão agressiva e nervosa ao ver Pablo segurando a pequena caderneta? Quem era o maluco que jogara o carro por cima de Nicolas?

Decidiu fotografar o ambiente. Pela lente da objetiva, algo lhe chamou atenção: um porta-retratos com uma fotografia sua. A inocência da garotinha de cabelos ruivos e sardas no nariz não combinava mais com o que lhe ia por dentro. Possivelmente, tinha sido a mãe que dera aquela foto ao pai. Abriu a mochila, colocou sua imagem de criança lá dentro e dirigiu-se à janela para fechar a cortina. Foi então que avistou o carro preto do outro lado da rua.

Automaticamente, deu um passo atrás. O coração parecia querer sair pela boca. Em frente ao prédio estava estacionado o mesmo veículo que tinha atropelado o filho de Dona Mercedes. Será que foi seguida até ali? Com certeza. O pânico começou a fazer das suas. Como sairia sem que a vissem? Havia uma solução. Deixou o apartamento e fechou a porta, embora não conseguisse chaveá-la devido ao estrago feito pelos invasores que chegaram antes dela.

Desceu correndo as escadas até o térreo. A porta que dava para os fundos do prédio não estava trancada. Saiu num pátio externo, onde algumas árvores frutíferas abrigavam do sol alguns bancos de jardim. Subiu na goiabeira rente ao muro. Espiou para fora. Avistou a rua deserta. Jogou a mochila. Praguejou quando ouviu que algo se quebrou com o impacto.

Seja o que Deus quiser – mentalizou, segurando a câmera fotográfica junto ao peito e jogando-se atrás da bolsa.

QUATORZE

Chegar em casa desconfiada de que estava sendo seguida foi uma verdadeira peregrinação. Roberta não teve disposição para ir à aula. Deu muitas voltas, sempre certificando-se de que aquele carro preto não estava por perto. A mãe estranhou a filha tão cedo em casa. A garota alegou uma enorme dor de cabeça. Uma ótima ideia, assim poderia ficar sossegada, e colocar os últimos acontecimentos em ordem na sua mente; para isso, nada como uma boa ducha quente.

Depois do banho, espichou-se na cama. Encontrou Mustafá a postos, pronto para receber sua dose diária de carinho. Foi só estender a mão que o gato começou a ronronar agradecido.

– Se a vida fosse tão fácil como a sua, hein? – falou enquanto alisava o pelo sedoso do bichano.

Enquanto o acariciava, quebrava a cabeça para descobrir a ligação entre as cadernetas iguais, o atropelamento de Nicolas, o fato de o mesmo carro do atentado andar atrás dela, e a invasão ao apartamento do pai. Tudo isso girava em sua cabeça procurando uma resposta que estava muito longe de encontrar.

Lembrou-se do porta-retratos resgatado da bagunça, levantou-se, não sem antes ouvir a reclamação de Mustafá, que a mirou com olhos de: por que parou de me acarinhar?

Entre papéis com anotações, um protetor solar e um livro de poemas, avistou a foto. Esbravejou ao ver que o vidro que protegia o retrato havia se partido quando jogou a bolsa por cima do muro.

– Ainda bem que os cacos não se espalharam – resmungou para o gato que a olhava preguiçosamente.

Foi até a escrivaninha e, com um extrator de grampos, forçou os minúsculos pregos que prendiam a madeira na moldura, com cuidado para não espatifá-lo ainda mais. Ficou atônita com o que encontrou atrás da fotografia: o pai não poderia ter escolhido um lugar melhor para esconder a velha caderneta preta.

Ainda não entendia bem o porquê, mas aquela pequena agenda parecia queimar em suas mãos, mesmo ainda não sabendo o teor do que ali se escondia. Sim, pois disso tinha certeza, diante dos últimos acontecimentos, algo procurava manter-se em segredo naquelas páginas amareladas.

Mesmo não tendo um bom pressentimento, sentou-se na cama disposta a acabar de vez com aquela expectativa. Passou os dedos pelas asas metalizadas, pela flauta dourada e, folheando o caderno, reconheceu aquela caligrafia. Encontrou na primeira página, em forma de organograma, uma estrutura hierárquica. Reconhecia aqueles nomes. Eram antigos amigos do pai, de quando ainda eram uma família. Diversos foram os encontros em jantares envolvendo aquelas pessoas que, com a separação dos pais, acabaram sumindo de sua casa.

Em primeiro lugar e encabeçando a lista, figurava o Dr. Agnelo Bernardes, médico e presidente do único hospital de Vale Santo. Logo abaixo, em uma linha horizontal, representando o mesmo grau de poder, aparecia o delegado de polícia, Dr. Aquino; o vereador municipal, Dr. Valadares; Roque Varela, antigo diretor do Jornal Progresso; Hugo Penteado, diretor do Country Club; Dr. Plínio Nunes, advogado; Altamiro Peixoto, prefeito; e, por último, o pastor de almas da cidade, Padre Dionísio.

Em três desses nomes aparecia uma subdivisão – certamente subalternos no que quer que o grupo representasse. Alguns, reconhecia; outros, não tinha a menor ideia de quem fossem. Abaixo do nome do pai, Altamiro Peixoto, figuravam dois nomes bem conhecidos, um pessoalmente, outro de tanto ouvir falar: Laerte e Raul Rosales.

QUINZE

Estava amanhecendo quando os olhos já cansados de Roberta percorreram a última linha da última página da caderneta. Ela passou a noite lendo, relendo a caderneta e pensando em tudo o que estava descobrindo. Nunca imaginou que coisas assim poderiam acontecer naquela pacata cidade do interior. Ainda ficou com muitas dúvidas, pois algumas informações pareciam incompletas, talvez de propósito, para o caso de aquela espécie de agenda cair em mãos erradas, como ocorria agora.

Enquanto se dirigia ao apartamento de Dona Mercedes, ia pensando em tudo que havia lido, não conseguia acreditar que alguém, em sã consciência, pudesse fazer algo tão tenebroso. Embora a relação com o pai jamais tenha sido como gostaria que fosse e como achava que deveriam ser as relações entre pais e filhos, não se sentia frustrada nem carente. Talvez um dia poderia compensar essa falta de carinho quando tivesse a própria família, aí sim faria diferente. Agora, depois de tudo que descobrira, até se sentia agradecida por ter tido uma relação fria com o pai e mecânica

com a mãe. Isso ajudaria muito nas decisões que tomaria num futuro bem próximo.

Era a primeira vez que ia na casa da nova amiga. Mesmo que se conhecessem há pouco tempo, Roberta sentia um carinho enorme por Dona Mercedes, um afeto antigo, desses que de vez em quando toma conta da gente e não temos vontade de dizer até logo, ficando um vazio no peito ao chegarem as despedidas. Por precaução, a garota não avisou que estava a caminho. A todo instante olhava para trás, certificando-se que não a seguiam. Parecia loucura, mas não se sentia segura. Tinha a impressão de que a qualquer momento o automóvel preto entraria na rua cantando os pneus e se jogaria para cima dela, não respeitando a calçada, conforme ocorrido um dia antes com Nicolas, em frente ao cemitério.

Ao chegar ao endereço que Dona Mercedes havia lhe dado, olhou para os dois lados da sossegada rua em frente ao edifício. Quase na esquina, embaixo de uma árvore, avistou um carro preto estacionado. É claro que não iria se aproximar para averiguar se era o mesmo que já havia encontrado duas vezes em menos de 24 horas, mas mesmo assim ficou com a impressão de que não poderia ser outro.

Tocou o interfone. Ouviu quando a amiga perguntou:

– Quem é?

– Sou eu, Roberta – identificou-se.

– Que surpresa! Pode abrir.

Subiu até o quinto andar. A porta estava escancarada e a amiga esperava com um sorriso:

– Que bom que veio, minha filha.

A jovem de cabelo cor de fogo recebeu o abraço da amiga e sentiu que a tristeza que carregava desde a leitura da velha agenda amenizara.

– Senta aqui – falou a dona da casa indicando uma mesa com quatro cadeiras perto da janela que dava para rua. – Quer um chá? Espere aqui que a chaleira acaba de anunciar que a água está no ponto.

– E o Nicolas? – perguntou enquanto se servia de uma xícara da fumegante infusão de várias ervas, preparada em um bule de louça todo pintado de pequenas flores do campo.

– Está bem. Trouxe ele aqui pra casa, pra cuidar melhor dos ferimentos. O médico aconselhou repouso total por dois dias. É como digo, se não fosse trágico, estaria adorando ter meus três filhos de novo por aqui.

– Dona Mercedes, preciso contar algo muito sério.

– Fale, minha filha, desse jeito me deixa até assustada. O que houve?

– Na verdade, não posso falar muita coisa, pois não tenho provas concretas do que aconteceu, ou está acontecendo, por isso, preciso que não comente com ninguém o que vou revelar.

– Pode contar com minha discrição...

– Não quis dizer nada ontem, mas eu conhecia o Laerte. Já o tinha visto em nossa casa, há muito tempo. Costumava participar de algumas reuniões com outras pessoas importantes da cidade. Era um tipo de assessor particular do meu pai e continua sendo de todos os prefeitos que vieram depois. Coisas estranhas aconteceram ontem. Primeiro, o acidente com Nicolas. Desconfiei da forma como o carro apareceu naquela esquina, subiu a calçada e fugiu em alta velocidade. Normalmente, aqui em Vale Santo, o trânsito é tão tranquilo, e quando um acidente acontece, as pessoas se mostram solidárias, não fogem daquele jeito. Segundo, na camionete do seu primo, Pablo acabou, sem querer, depois de uma freada brusca, abrindo o porta-luvas. Alguns papéis saltaram lá de dentro, mas, em especial, me chamou a atenção uma caderneta preta, com alguns símbolos impressos na capa. Percebi que conhecia aquela imagem de algum lugar e, de fato, acabei lembrando que meu pai possuía uma igual. Não sei dizer exatamente o que me motivou a ir até o apartamento dele, talvez seja

A VERDADE EM PRETO E BRANCO

curiosidade de jornalista, o fato é que nada me tirava da cabeça que naquele pequeno caderno estariam algumas respostas para minhas inquietações.

Enquanto Roberta falava, Dona Mercedes sorvia vagarosamente a bebida, com um olhar entre crédulo e assustado, sem saber onde levaria a narração daqueles fatos.

– Bom, chegando na antiga residência do meu pai, vi que a fechadura havia sido arrombada e que tudo lá dentro estava remexido. Sem sucesso na busca, já ia me retirar e, quando fui até a janela para fechar a cortina, qual não foi minha surpresa ao avistar, do outro lado da rua, um carro exatamente igual ao que atropelou Nicolas. Antes de sair, peguei um porta-retratos com uma foto de quando eu era criança. Consegui fugir pelos fundos. Ao chegar em casa, vi que o vidro que protegia a fotografia havia se quebrado, pois, na fuga, joguei a mochila por cima do muro.

– Minha filha, respire um pouco. Estou começando a realmente ficar preocupada com você – falou Dona Mercedes levando a mão ao peito.

– Desculpe, mas preciso revelar tudo – continuou a garota. – Ao desmontar o porta-retratos, acabei encontrando, escondida lá dentro, a velha caderneta preta. Passei a noite lendo, pensando sobre as coisas que encontrei ali e posso lhe assegurar:

corremos um grande perigo. Não posso dizer nada agora, pois ainda não tenho provas concretas. Também não posso lhe proteger de nada, pois nem consigo imaginar como me defender de tudo isso, mas posso garantir que é muito grave o que aconteceu em nossa cidade e pode ser que ainda esteja acontecendo. Mais ainda: um grupo de poderosos, meu pai, Laerte e o seu falecido esposo Raul, estão envolvidos nessa história.

A garota segurou as mãos da amiga. Olhou dentro dos seus olhos e disse:

– Estou com medo, mas precisamos ser fortes. Vou contar tudo o que sei. Depois a senhora vai julgar se tenho motivos para estar preocupada ou não. Quero que chame todos os seus filhos para conversarmos e juntos tomarmos uma decisão.

– Minha filha, acho que está exagerando, parece até que fizemos alguma coisa errada...

– Venha! – Roberta levantou-se e foi até a janela que dava para rua. Parou em frente ao tule branco. – Olhe lá na esquina.

Dona Mercedes ficou ainda mais pálida, levou as mãos ao peito e exclamou:

– *Dios mío.*

– É o mesmo carro de ontem – informou a garota. – Aconselho a não usar o telefone convencional, pois desconfio que esteja grampeado. Não sei se lhe acalma um pouco, mas tenho um plano...

DEZESSEIS

Depois de conversarem durante muito tempo, Dona Mercedes e os filhos concordaram com a sugestão de Roberta: Raul seria removido discretamente. Principalmente o primo Laerte não deveria ser comunicado do fato, já que ele também era um dos alvos da desconfiança da garota. Até que tivesse provas que fundamentassem o que descobrira, era melhor assim.

Conforme procedia toda quarta-feira, Dona Mercedes saiu de casa bem cedo e dirigiu-se ao cemitério. Em frente ao edifício, disfarçadamente olhou em volta e lá estava o carro preto parado no fim da rua. Enquanto isso, um grupo entrava o mais sorrateiramente possível pelos fundos do campo santo.

Seu Anacleto começou a quebrar o reboco da laje de concreto que fechava a sepultura. Dona Mercedes estava cercada por Pablo e Raquel, que a abraçavam. Nicolas, por ainda estar convalescendo, ficara no apartamento da mãe. Roberta estava um pouco mais distante, junto de Dona Márcia. Cada batida no cimento endurecido se refletia em leve aperto de mãos nervosas entre mãe e filhos.

Uma por uma, as placas foram sendo retiradas. Pablo aproximou-se para ajudar a alçar o pesado ataúde. Executada a tarefa, voltou para junto da mãe que, nesse momento, não continha as lágrimas. O zelador começou a desatarraxar a tampa do enorme caixão. Colocou as luvas e a máscara especial para recolher os restos mortais que haviam sobrevivido à ação do tempo. Cerimoniosamente, pegou a urna de metal que a viúva havia comprado especialmente para a ocasião. Depois de abri-la, virou-se para retirar a tampa de madeira escura. Foi o tempo de olhar para dentro do esquife e voltar-se com o olhar assustado para a pequena plateia. O homem puxou a máscara que cobria a boca e o nariz e, num fio de voz, revelou assustado:

– Está vazio.

Nenhum dos presentes entendeu a notícia dada assim, tão à queima-roupa. Passado o primeiro instante de assombro, todos correram para onde deveria estar o que sobrou do esposo de Dona Mercedes. Os olhares espantados só confirmaram o que Seu

Anacleto anunciara: não havia sinal de que, algum dia, um corpo havia sido sepultado ali.

A mulher entrou em estado de choque. Não conseguia processar aquela informação. Foi somente quando os filhos se voltaram com olhos que não admitiam dúvidas que ela desabou.

Por sorte, Seu Anacleto e Roberta estavam perto da velha senhora, caso contrário, teria caído ali mesmo, no calçamento do cemitério. Dona Márcia buscou rapidamente, em casa, um copo de água com açúcar, enquanto Pablo e Raquel carregavam a mãe para um banco próximo dali.

Após o susto, Dona Mercedes começou a chorar. Não conseguia entender por qual motivo o caixão de Raul estava vazio. Isso, na verdade, ninguém parecia compreender. Todos estavam assustados. Nesse momento de dúvidas, a velha senhora começou com as suposições:

– Seu Anacleto, roubaram o corpo do Raul? Só pode ter acontecido isso. O senhor disse, outro dia, que existem quadrilhas que assaltam cemitérios – lamentava-se olhando para o zelador.

– Isso não aconteceu. Normalmente os assaltantes não levam o defunto inteiro. Eles querem joias, dentes de ouro, enfim, coisas de valor. Além disso, não há e nem nunca houve sinal de violação no túmulo, senão teríamos descoberto, pois ninguém recebe tantas visitas aqui quanto ele...

– *¿Y que pasó?* – repetia a mulher, enquanto grossas lágrimas encharcavam o lenço cheio de pequenas flores roxas. – Tem que haver uma explicação. Um morto não some assim, do nada.

– Vou chamar a polícia – disse Pablo, retirando o aparelho celular do bolso.

– Esperem! – falou Roberta. – Antes de envolvermos a polícia nisso, vamos tentar entender o que está acontecendo.

– Não acho que essa é uma tarefa para nós – retrucou o rapaz. – Isso é um caso para as autoridades investigarem.

A garota virou-se para o casal de zeladores e pediu:

– Seu Anacleto, o senhor pode fechar o túmulo para nós? Dona Márcia, seria muito pedir que providenciasse chá para todos?

Quando ficaram sozinhos, continuou:

– Vocês não estão entendendo? Esqueceram nossa conversa? O nome do delegado também está naquela caderneta. A polícia não pode saber, pelo menos não agora, o que acabamos de descobrir – argumentou a garota com os cabelos ainda mais avermelhados do que de costume, talvez pela palidez que invadiu seu rosto.

– Mas por que isto está acontecendo? – perguntou Raquel com os olhos marejados de lágrimas.

– Infelizmente, ainda não posso afirmar. Tenho motivos de sobra para não acreditar na polícia dessa cidade. Diante da ausência do corpo do Seu Raul, mais uma vez essa história deu uma reviravolta na minha cabeça – e, dirigindo-se para Dona Mercedes, perguntou. – A senhora pode me dizer se aconteceu alguma coisa de anormal durante o velório ou o enterro do seu esposo?

A mulher deu de ombros e respondeu numa voz entrecortada:

– Tudo foi estranho.

Roberta pegou na mão da amiga e, sentando-se ao seu lado, motivou-a para que continuasse:

– Conte para nós, então.

– Raul era motorista da prefeitura, estava sempre à disposição do prefeito. Além disso, dirigia a ambulância do município, carregando gente o dia inteiro pra lá e pra cá. Um dia, antes que saísse para o trabalho, tive um pressentimento ruim. Tenho isso de vez em quando. É como digo: às vezes tem um anjo soprando em nosso ouvido... Mas quem disse que ele acreditava nessas coisas! Falou que era besteira, que eu ficasse descansada, que no fim do dia estaria em casa como sempre. Pedi que se cuidasse.

A VERDADE EM PRETO E BRANCO

Acho que alguma coisa tocou fundo nele aquele dia, pois chamou os meninos, deu um abraço bem apertado nos dois, depois foi até sua queridinha – olhou para Raquel – e ficou um tempão sussurrando em seu ouvido. De vez em quando, me olhava e continuava falando com ela coisas que eu não escutava.

– Não consigo lembrar de tudo, mas ele me disse para cuidar da mamãe enquanto estivesse fora, que me amava muito, que nós éramos muito importantes para ele – revelou Raquel, com lágrimas rolando pelas faces.

– Antes que a tarde chegasse ao fim, recebi a notícia: meu marido havia sofrido um grave acidente ao sair para buscar um grupo de pessoas para uma consulta no hospital. O desastre aconteceu nas imediações da fábrica. O veículo capotou, despencou e explodiu no despenhadeiro. Fiquei quase louca, tanto que não consegui ir sozinha reconhecer o corpo.

– E quem lhe ajudou? – quis saber Roberta.

– O primo Laerte.

– Bom, uma coisa é certa: em algum lugar o seu marido tem que estar – declarou Roberta, segurando a mão de uma desolada Dona Mercedes. – E vamos ter que descobrir que lugar é esse. Precisamos fazer algumas combinações – continuou. – Essa história não pode sair daqui de jeito nenhum. Vou conversar com Seu Anacleto e com Dona Márcia, mas acredito que são de confiança. Vocês têm consciência de que não podem mais ficar nesta cidade?

– Sim – responderam todos ao mesmo tempo.

– Então preparem-se. Os dias de permanência em Vale Santo estão contados. Precisamos planejar uma saída estratégica e tenho um serviço a fazer – revelou a garota com um olhar desafiador.

Levantaram-se. Dona Mercedes mirou sua obra-prima salpicada pelas folhas do ipê amarelo naquele fim de setembro. Com a voz cheia de mágoa, balbuciou: – O que mais me entristece é ter vindo aqui, durante tanto tempo, visitar um túmulo vazio. Ninguém merece uma coisa dessas. Se algum dia encontrar Raul novamente, espero que tenha uma boa história pra contar.

Nesse clima saíram, vagarosos e pensativos, arrastando o velho portão de ferro, deixando para trás os mortos e seus mistérios.

DEZESSETE

– Então, Pérsio, esta é a ideia: a proposta é criar uma premiação para a entidade, organização ou empresa de Vale Santo que, segundo a opinião pública, presta o melhor serviço à comunidade.

Roberta, desde que chegara à repartição, argumentava com o chefe, buscando convencê-lo de seu plano mirabolante.

– Pense em quanta gente vai se envolver na campanha! O projeto inclui pontos estratégicos para votação. Se tivéssemos internet decente na cidade, poderíamos até criar uma página nas redes sociais. De qualquer forma, o povo vai se envolver e entender melhor como funciona cada setor da sociedade pelas reportagens especiais com cada um dos concorrentes.

– Mas como vamos despertar o interesse? – retrucou Pérsio sentado atrás da grande mesa de madeira lavrada que pertencera ao pai.

– O primeiro passo é abrir as inscrições para os interessados. Faço questão de ir pessoalmente nos mais importantes, convencendo-os a participarem. Depois faremos uma entrevista com cada um, explicando sua trajetória no município, sua importância para a nossa cidade, enfim, sua razão de ser. Ao final das reportagens, distribuiremos urnas para votação pública e divulgaremos o resultado na edição daquela semana.

– E como vamos premiar o ganhador?

– Com um troféu. É barato e satisfaz todos os públicos.

Depois de tamborilar os dedos na mesa de madeira, olhando para as montanhas que ao longe se recortavam pelo quadrado da janela da sala, Pérsio voltou-se para a garota de cabelos avermelhados e decretou:

– Está bem, vamos embarcar nessa ideia, mas a responsabilidade de execução é toda sua.

Roberta quase não conseguiu controlar a alegria, por pouco não deu a volta na mesa e tascou um beijo no rosto do chefe. Contendo-se diante do ridículo impulso agradeceu feliz da vida:

– Você não vai se arrepender! Prometo.

Saiu da sala com o coração acelerado e um sorriso indisfarçável no rosto. Agora tinha carta branca para colocar o plano em ação e precisava ser rápida. Quanto mais tempo demorasse, mais pessoas poderiam continuar sendo prejudicadas. Estava na hora de alguém por fim à atrocidade que, durante tantos anos, havia se instalado naquela cidade.

DEZOITO

Em conversa com Dona Mercedes e os filhos, Roberta os convenceu a voltarem a uma aparente normalidade, já que estavam sendo monitorados. Tudo precisava ser combinado dentro do maior sigilo para que, quando o plano de fuga fosse colocado em prática, nada desse errado.

Os encontros semanais continuaram no cemitério. Roberta, com a desculpa de visitar o pai, ia para lá nas quartas-feiras de manhã. Dona Mercedes percebia que aquele carro preto de vez em quando passava por ela. Ficava danada da vida, mas disfarçava, olhando uma vitrine aqui, outra ali, fazendo questão de ser vista. Pablo passou a visitá-la com mais frequência e levava as notícias para os irmãos. Já que a mãe era a preferida para ser monitorada, ele conseguia chegar ao campo santo por um atalho e pulava o muro dos fundos. Seu Anacleto, enquanto mexia nas plantas, ficava de olho-vivo, pronto para avisá-los, caso algo de estranho acontecesse dentro ou fora do cemitério. O bom homem não sabia exatamente o que estava acontecendo, mas fazia questão de ajudar.

Já se passara quase um mês desde que Roberta havia encontrado a caderneta e descoberto o que acontecia por baixo dos panos na cidade. Nessa manhã, precisava revelar algo muito importante, que talvez fosse uma pista sobre o que realmente aconteceu com o marido de sua amiga.

Roberta encontrou mãe e filho ansiosos por notícias na sala de entrada do jazigo.

– Quero explicar minha linha de raciocínio: a caderneta que pertenceu a meu pai não esclarece muita coisa sobre o esquema armado aqui em Vale Santo e que envolve o desaparecimento do Seu Raul, por isso, tive a ideia de premiar uma instituição pública da cidade; dessa forma, durante as entrevistas que farei com cada concorrente, terei a oportunidade de entrar nos domínios de cada um, observá-los mais de perto e, quem sabe, com sorte, encontrar algo que comprove minhas suspeitas.

– Minha filha, não estou gostando nada dessa história toda. Isso está se tornando uma coisa muito perigosa, um caso de polícia. Precisamos avisar alguém. É como digo, não podemos ficar aqui de braços cruzados – choramingou Dona Mercedes.

– Não se preocupe – retrucou a garota obstinada. – Vamos conseguir esclarecer toda essa situação, mas de uma coisa não podemos abrir mão: o sigilo.

Ninguém pode desconfiar que estamos em processo de investigação, pois aí sim correremos um grande risco. O que acabamos descobrindo sem querer é muito grave, tem muito poder em jogo e muitas cabeças vão rolar quando essa história começar a vir à tona. Faço questão de fazer com que se torne pública. É uma questão de honra.

Ouviram um barulho do lado de fora da porta, os três se olharam assustados.

– Quem está aí? – perguntou Dona Mercedes.

Viram a porta se abrir devagar e Dona Márcia entrar com uma bandeja nas mãos.

– Alguém aceita um chazinho?

Os três começaram a rir. A esposa do zelador não entendeu nada.

– Uma das melhores notícias do dia! – disse Dona Mercedes abraçando a amiga. – Eu aceito. Vocês dois aí – apontando para Roberta e o filho, que ainda riam do susto que levaram – querem um chá?

– Não, obrigada – agradeceu Roberta. – Vou aproveitar que é hora do chá e ver como anda o vizinho aqui do lado. Me acompanha, Pablo?

– Claro – respondeu o rapaz que detestava qualquer tipo de chá.

Roberta retirou algumas folhas secas de cima do túmulo do pai, ajudada por Pablo, e depois foram sentar ali perto. Pairou no ar um estranho silêncio, talvez por pouco terem ficado a sós, já que os acontecimentos que foram se sucedendo desde que se conheceram não permitiram que tivessem a oportunidade de entabularem uma conversa mais profunda. Ele tomou a iniciativa:

– Você tem muita coragem. Normalmente, as pessoas não se envolvem tanto com os problemas dos outros, ainda mais quando correm o risco de prejudicarem os próprios parentes.

– Nunca tive uma família decente – a garota revelou com uma voz que não demonstrava emoção, apenas constatação. – Quando meu pai saiu de casa, eu era apenas uma menina. Minha mãe sempre esteve preocupada com o que a sociedade pensa. Nunca foi feliz. Viveu até hoje no seu pequeno mundo hipócrita, sempre cobrando meu jeito de vestir, comer, andar. Implica até com o que escuto e leio.

– E o que você curte ouvir e ler?

– Gosto de um monte de coisa. Bom, na verdade, talvez você não conheça grande parte. Acho que, no fundo, nesse sentido, minha mãe tem razão. Não ouço o que todo mundo ouve. Sabe aquela música do momento, que toca no rádio do carro e das casas de todo mundo? Pois não sei o nome e nem quem canta. Gosto de escolher, e não que a mídia simplesmente imponha o que devo escutar. Em geral, quem faz a minha cabeça, musicalmente, não está assim tão disponível, então tenho que garimpar, como quem busca ouro no meio de muita pedra de baixo valor. Aqui em Vale Santo é ainda mais difícil, pois o sinal da internet é pré-histórico e hoje em dia a maioria das bandas usa a rede para divulgar sua arte.

– Nossa! Tenho até medo de falar o que gosto de ouvir...

– Não precisa ficar preocupado – Roberta sentiu que suas bochechas estavam incendiando. – Não sou nenhuma xiita. Acho que tem muita coisa boa por aí, mas, vamos combinar, está cheio de porcaria também. Sabe o que me revolta? É que a população não tem a oportunidade de escolher. Tudo já está pronto. É só um tipo de música que aparece na TV, com um monte de gente seminua fazendo altas performances. E todas aquelas pessoas que fazem um trabalho quase que marginalizado não têm nenhum reconhecimento, não são ouvidos, isso me revolta!

– É, vendo por esse ponto de vista, até que você tem razão. O que indica para eu escutar?

– Conhece Fito Páez?

– Nem ouvi falar.

– Pois ele é argentino que nem você.

– Então você curte música em espanhol?

– Gosto de muita coisa, mas principalmente de MPB, do Caetano...

– O Caetano tinha aquela música na novela...

– É com isso que fico danada – esbravejou. – Por que só o que toca na novela é tido como bom? Normalmente, os caras já faziam música muito antes, mas precisa tocar no horário nobre, em rede nacional, pra ser considerado. Não aceito.

– Nossa, você é muito indignada.

– Desculpa, não sei nem por que o papo veio pra esse lado.

– Perguntei o que lia e ouvia. Depois dessa aula de música, pode me dizer o que lê?

– Gosto de um monte de gente...

– Mas não são aqueles livros que estão no topo da lista dos mais vendidos...

– É, acho que já está me conhecendo melhor – riu a garota. – Gosto do Manuel de Barros, do Quintana, do Fernando Pessoa, do Lorca, do García Márquez, da Clarice Lispector...

– Já ouvi falar de alguns!

– Mas, assim como na música, tem uma leva de autores talentosos que não estão na mídia. Desses que falei, já leu alguma coisa?

A VERDADE EM PRETO E BRANCO

– Na escola, fiz um trabalho sobre Quintana e um professor falou do García Márquez. Já li Clarice nas redes sociais...

– Você nunca leu nada do Fernando Pessoa?

– Não. Pra falar a verdade, nem gosto muito de poesia. Acho chato, não entendo.

– Olha – disse a garota abrindo a bolsa. – Vou te emprestar este livro do Pessoa. É uma coletânea com os melhores poemas. Quero ler um pra você. É do heterônimo Alberto Caeiro.

– Heterônimo? – retrucou Pablo com cara de paisagem.

– Nunca ouviu falar das personalidades criadas por ele? Vou te explicar, então: Fernando Pessoa criou vários personagens, com data de nascimento e de morte, características e estilos próprios. Cada um fazia poemas de um jeito todo particular. Alberto Caeiro é o mestre dos heterônimos. Viveu num lugarejo bucólico e morreu bem jovem, de tuberculose.

– Então leia!

O Tejo é mais belo que o rio que corre pela minha aldeia,

Mas o Tejo não é mais belo que o rio que corre pela minha aldeia

Porque o Tejo não é o rio que corre pela minha aldeia,
O Tejo tem grandes navios
E navega nele ainda,
Para aqueles que veem em tudo o que lá não está,
A memória das naus.
O Tejo desce de Espanha
E o Tejo entra no mar em Portugal.
Toda a gente sabe isso.
Mas poucos sabem qual é o rio da minha aldeia
E para onde ele vai
E donde ele vem.
E por isso, porque pertence a menos gente,
É mais livre e maior o rio da minha aldeia.
Pelo Tejo vai-se para o Mundo.
Para além do Tejo há a América
E a fortuna daqueles que a encontram.
Ninguém nunca pensou no que há para além
Do rio da minha aldeia.
O rio da minha aldeia não faz pensar em nada.
Quem está ao pé dele está só ao pé dele.

Roberta, voz profunda e emocionada, falou o texto com uma paixão que deixou Pablo impressionado.

triste brilhar

verá, enfim
s coisas que
morte, mas
utra espéc
a grande
er coisa

Márquez
años
oledad

e Cla

uinas almas tenho
o lento mudei.
tinuamente me estranho.
Nunca me vi nem acabei.
De tanto ser, só tenho alma.
Quem tem alma não tem calma.

Fernando Pessoa

Federico García Lorca

Fernando Pessoa...

Manoel de Barros

CLARICE LISPECTOR

escritores

Tenho preguiça de ser sério

...fatal no llega a las estrellas,
...ereno, sencillo; quisiéramos hacer
...como abejas, o tener dulce voz o
...grito, o fácil caminar sobre las
...o senos donde mamen
«hijos.»

Imagens são palavras que nos faltaram

...osa dijo que todo esta mi corazon perdido

Yo vengo a ofrecerte mi corazón perdido?

– Realmente, você lendo fez o poema ficar bonito.

– Ele é lindo. Apenas coloquei emoção em algo que já estava ali. Por isso que muita gente não gosta de poesia, porque é lida de qualquer jeito, como uma bula de remédio ou como uma receita de bolo, sei lá, o fato é que sem sentimento não rola ler um poema. Pelo menos para mim.

– Durante a leitura me veio uma lembrança muito forte. Quando menino, ainda em Buenos Aires, íamos, aos domingos, caminhar no porto. O local era bem decrépito naquela época. Agora é um dos cartões postais da capital argentina: o *Puerto Madero*. Não o conheço depois da reforma, mas foi de lá que meu pai nos mostrava o Rio da Prata. Esse era um dos meus passeios favoritos. Depois desse poema, vejo que esse rio faz parte da história da minha vida. Ele é mais importante que qualquer outro rio, pois tem um significado muito profundo, só meu.

– Então você acaba de entender o poema do Caeiro. Quem sabe, um dia, vamos ver o rio juntos...

– Será um prazer imenso – respondeu mirando profundamente os olhos da garota de cabelos ruivos e pele muito clara que o deixava, até certo ponto, um tanto desconcertado e com um aperto no peito que vinha não sabia de onde e que dava uma vontade enorme de levantar a mão e tocar com muito cuidado aquele rosto, tão delicado e ao mesmo tempo tão forte.

Dona Mercedes voltava do chá. Roberta fechou o livro que tinha nas mãos e o entregou a Pablo:

– Leia. Depois me devolve. Mas não esquece a emoção, certo?

O rapaz de cabelos arrepiados colocou o livro na mochila, com um tremor bobo nos lábios.

– E então, o que você tem para nos contar sobre o Raul? – inquiriu Dona Mercedes sentando-se ao lado de Roberta.

– Bom, a caderneta que era do meu pai, aliás, todos os membros da organização possuem uma, funciona como uma espécie de marca ou símbolo de pertencimento e contém várias informações. Encontrei uma anotação feita uma semana antes da morte do seu marido – revelou olhando para a amiga. – Essa nota aponta para uma eliminação de testemunha. Pelo que apurei, o Raul descobriu o que acontecia na cidade. Como não quis fazer parte do esquema, precisou ser silenciado. Dona Mercedes, tem um integrante desse grupo diretamente responsável pelo sumiço de seu esposo.

– Você quer dizer que o Raul pode ter sido assassinado? – Dona Mercedes quase caiu do banco.

Seus olhos refletiam tamanho espanto que os jovens acharam que ela teria um infarto naquela hora.

– Calma, Dona Mercedes. Não podemos falar de assassinato, pois nem um corpo a gente tem, vamos falar de sumiço.

– E quem teria feito uma maldade dessas? – perguntou Pablo.

– Laerte Rosales.

– *Cabrón* – praguejou completamente irritada. – *¿Así que esto es lo que pasó, él mató a mi marido?*

– Vamos devagar, Dona Mercedes – Roberta tentava acalmar a amiga. – Li na caderneta sobre um lugar que eu suspeito que seja para onde foram levadas todas as pessoas que não compactuavam com a armação ou que de alguma forma poriam em risco todo o esquema. Talvez Seu Raul tenha sido levado para lá ou, quem sabe, ainda esteja lá.

– Que lugar é esse? – perguntou Pablo espantado, enquanto abraçava a mãe.

– No último andar do hospital funciona a ala psiquiátrica...

– *¿Así que mi marido está vivo?* – balbuciou nervosamente a velha senhora.

– Tenho fé que pode, sim, estar vivo – respondeu Roberta.

Pablo, que já enlaçava a mãe, colocou o braço sobre o ombro da garota e ficaram os três, ali, cheios de interrogações, tentando superar a dor que, sem trégua, apertava o peito de cada um.

– Se o seu marido estiver vivo, nós vamos encontrá-lo. Disso a senhora pode ter certeza!

DEZENOVE

Roberta estava com a lista dos representantes das instituições de Vale Santo que disputariam, antes do Natal, ao prêmio Amigo da Cidade. Conforme esperado, ninguém ficou de fora. Restava realizar as entrevistas e montar uma reportagem semanal com cada concorrente para, finalmente, a votação popular escolher o vencedor.

Foi com certa apreensão que se encaminhou à primeira visita: Dr. Agnelo Bernardes, presidente do Hospital Municipal. Depois de esperar em torno de dez minutos na recepção, a secretária pediu que passasse à sala do médico. Tudo naquele recinto apresentava-se imaculadamente limpo. O homem parecia transpirar pureza, como o vaso cheio de orquídeas brancas sobre a mesa. Sentiu-se na antecâmara do céu.

Conhecia a pessoa sentada diante dela. Muitas vezes visitou sua casa na época em que o pai ainda era prefeito. Goza de boa fama entre a população e se vangloria de atender todo mundo, independente de classe social. Dr. Agnelo é baixo, com sobrepeso, cabelo castanho-claro, visivelmente tingido, tem em torno de 65 anos, não tira o jaleco branco para nada e sempre está acompanhado do estetoscópio: base de seu exame. Além disso, gosta de fazer prescrições sobre saúde no jornal local, dando dicas que mais parecem bulas de remédio ininteligíveis. Tem voz cavernosa e calma de orador. Causa medo ouvi-lo. Talvez, para compensar o tamanho, se imponha pela fala.

Na parede oposta à janela, um sem número de certificados ratificava a qualificação do respeitável cidadão de Vale Santo. Ficou curiosa para saber de quem seria o busto em mármore branco num dos cantos da sala.

– Carl Von Linné. Conhece?

– Não. É um parente?

O velhote soltou uma risada entredentes e replicou:

– Quem dera! Esse é meu mentor. Um grande cientista! Mas vamos ao que interessa. Tenho vários pacientes para atender ainda hoje.

Roberta agradeceu pela inscrição ao concurso. Para compor a reportagem, precisava fazer algumas perguntas. Ele se mostrou receptivo, conforme o esperado. A conversa contou basicamente com o elogio às instalações do estabelecimento e aos benefícios prestados à comunidade local. A garota ia anotando em um bloco, demonstrando um interesse que estava longe de ter. Depois de meia hora de conversa, perguntou se era possível fazer algumas fotos para a matéria. O homem não opôs resistência. Pelo interfone, tentou falar com a secretária, depois de várias tentativas, levantou-se com ar feroz, pedindo licença, e avisou que voltaria em seguida.

Assim que o médico fechou a porta, parecia que uma mola invisível tinha sido acionada na cadeira em que a garota de madeixas ruivas estava sentada. Num salto, abriu a primeira gaveta da mesa. Encontrou várias pastas de papelão. Uma delas lhe chamou a atenção: na capa figurava uma suástica nazista. Fotografou a sala, a gaveta aberta e a estranha pasta. Abrindo-a encontrou vários manuscritos. Escolheu um, abriu a bolsa e, rapidamente, o jogou lá dentro. Correu para a cadeira em tempo de ouvir a porta abrindo-se atrás de si. Dr. Agnelo voltava com um jovem.

– Minha cara, este rapaz vai acompanhá-la – trovejou o velho, fazendo o garoto estremecer. – Como é seu nome? – vociferou.

– Mi-Miguel – gaguejou o jovem de jaleco branco.

– Então, Miguel, você vai levar esta moça bonita para tirar umas fotos por aí.

Roberta fingiu não notar que o médico fez um sinal para que o guia ficasse de olhos abertos.

– Foi um prazer recebê-la. Volte sempre – disse o médico com uma polidez disfarçada.

Roberta não se fez de rogada, pois já estava louca para sair dali. Recolheu a bolsa e seguiu o residente.

Enquanto caminhavam pelo hospital, ia fotografando aqui e ali, mal prestando atenção no que o acompanhante dizia. Estava interessada mesmo em algo que comprovasse suas suspeitas. Antes de encontrar as provas, não poderia sequer pensar em levantar uma acusação contra os donos da cidade. Precisava tomar o máximo de cuidado para que seu plano não fosse por água abaixo.

Depois de fazer várias tomadas da área social, começou a pensar em um modo de convencer Miguel a levá-la para as dependências restritas do hospital. Para isso, precisava distraí-lo. Foi o que fez:

– E então, quer seguir a carreira de médico? – perguntou com cara de idiota, se sentindo péssima por não ter mais nada a dizer.

– Sim, pretendo seguir os passos do meu avô.

– Seu avô também trabalha aqui?

– Não, já está aposentado.

– E qual será sua especialidade?

– Gosto muito de crianças – disse enrubescendo visivelmente.

– Que bom! Também gosto, mas não consigo me imaginar trabalhando com elas o tempo todo. São engraçadinhas até começarem a chorar. Depois disso, prefiro ter os pais por perto para devolvê-las.

Enquanto falavam dessas amenidades, foram cruzando portas e corredores. Miguel começou a soltar a língua. Parecia gostar mesmo de crianças, pois começou a divagar sobre um mundo livre da gripe e de outras doenças que afligem os infantes. Ele falava, ela concordava e fotografava. Até que chegaram ao subsolo e a uma placa: acesso proibido. A garota sentiu que precisava muito entrar ali, mas como fazer aquele jovem estudante abrir aquela porta? Uma ideia surgiu como um relâmpago na sua mente. Começou a se sentir mal. Uma leve tontura fez com que segurasse o braço do rapaz e cambaleasse para frente. Agarrou-se nele tentando equilibrar-se.

– O que você tem? – perguntou ele branco de susto.

– Estou um pouco tonta, preciso de água. Vou ficar sentada aqui – abaixou-se com dificuldade apoiando as costas na parede. – Vai rápido! – gritou.

Miguel saiu correndo em busca de socorro. Roberta não conseguiu reprimir um riso nervoso. Foi mais fácil do que havia pensado, avaliou enquanto se levantava tentando descobrir qual das chaves daquele molho que havia pegado do bolso do rapaz, enquanto fingia o desmaio, lhe daria passagem.

Na terceira tentativa, a fechadura girou. Seu coração parecia querer sair pela boca. A primeira sala possuía três poltronas individuais, uma mesa com um computador, dois fichários antigos, de metal, com pequenas gavetas sinalizadas com letras em ordem alfabética. Logo acima, um quadro enorme com uma foto aérea de Vale Santo. Abriu a gaveta que continha a letra A. Uma fileira de papeletas apareceu na sua frente. Cada uma tinha um nome. Abriu outras gavetas. Outros nomes. Reconhecia alguns. Então se deu conta de que, diante dela, estava toda a população do município. Cada uma daquelas fichas continha, além do nome, a data de nascimento, as visitas realizadas ao hospital e os procedimentos utilizados. Procurou a sua e, depois de arrancá-la, pegou mais algumas fichas de forma aleatória. Fotografou o local.

Dirigiu-se ao computador. Deu enter. Bingo: estava ligado. Esperou carregar. Retirou da bolsa o seu HD externo, encomenda trazida por Pablo da capital, acoplou na máquina e iniciou a cópia dos arquivos.

Abriu outra porta, localizada logo após a mesa e deparou-se com um espaço bem maior. O ar frio e antisséptico bateu direto em seu rosto. Não pôde deixar de sentir um arrepio. Levantou a câmera e tirou várias fotos. Depois disso, desacoplou o dispositivo móvel do computador e saiu da sala. Após chaveá-la, jogou o molho na bolsa e sentou-se novamente no chão, fechando os olhos bem na hora de ouvir o barulho dos passos que corriam ao seu encontro.

VINTE

Roberta parou na cafeteria da esquina para acalmar os nervos. As últimas horas haviam sido de fortes emoções. Tinha consciência de que as provas cabais e definitivas estavam gravadas na memória de sua câmera fotográfica e no dispositivo cheio de documentos copiados do arquivo secreto do hospital. Tudo que viesse a conseguir daqui para frente seria lucro. Pegou sua agenda e checou a lista de nomes que ainda precisava visitar. Decidiu passar na delegacia de polícia.

A parte administrativa do destacamento ocupava uma grande sala, na qual três homens trabalhavam. Todos uniformizados: calça preta e camisa branca; pareciam bonecos em frente aos seus respectivos computadores. O funcionário da recepção, muito sério e educado, depois de falar ao telefone, a conduziu pelo meio da sala até uma porta com a inscrição em metal dourado: Dr. Aquino - Delegado.

O homem a recebeu educadamente, era alto, tez clara, barba e cabelos grisalhos. Quase não sorria e tinha um olhar tão profundo e inquisidor que a deixou um pouco perturbada, com a sensação de que escondia algo, o que, no fundo, era verdade. Estava ali por um motivo: procurar provas, muito embora o material que recolhera incriminasse o delegado até a raiz dos cabelos.

Uma grande mesa de madeira escura quase tomava conta de todo o espaço da sala meticulosamente organizada, alguns porta-retratos de familiares espalhados de um lado e muitas pastas do outro. À esquerda, via-se uma estante abarrotada com caixas de arquivos, possivelmente de processos investigados pelo distrito policial e, ao lado, uma escrivaninha com um computador. Ele indicou a cadeira a sua frente. Ela sentou. Atrás do delegado, uma imagem antiga lhe chamou a atenção:

– Essa foto é de Brasília, não é mesmo, delegado?

– Sim, é a posse do primeiro presidente após a tomada do poder pelos militares, o Marechal Humberto de Alencar Castello Branco – respondeu com ênfase, como se discursasse.

Roberta sentiu um formigamento estranho na barriga, seguido de um nó no peito, e começou a ficar com certo medo daquele homem. Tinha a sensação de que, se vasculhasse aquelas gavetas, seria capaz de encontrar equipamentos de tortura. Procurou dominar os nervos e descobrir um pouco mais sobre aquela personalidade tão sisuda.

– O senhor sente saudades dessa época?

– Todos os dias da minha vida. Por mim, aquele tempo de tão grande elevação moral e patriotismo não teria acabado.

– Quer dizer que não acredita na democracia?

Algo curioso aconteceu nesse momento. Uma abelha entrou pela janela e, depois de voejar em círculos pela sala, pousou na mesa entre os dois. Roberta distraiu-se observando o pequeno inseto remexendo as asas à sua frente. Um estrondo fez com que ela pulasse na cadeira. A pequena operária foi esmagada por um grosso livro.

– Sou alérgico – vociferou entredentes sob o olhar faiscante e cheio de indignação de sua interlocutora. Continuou respondendo à pergunta anterior como se nada tivesse acontecido:

– Acredito na democracia, desde que existam alguns limites. O que não acontece no estado atual de coisas. Basta ver a bandalheira na qual a sociedade se transformou. Para termos uma juventude sadia e uma cidade próspera é preciso uma moral ilibada. Trabalhamos incansavelmente para que nossas crianças sejam protegidas, para que a bandidagem não tome conta da cidade, mas confesso que, com o advento das novas tecnologias, estamos sendo tomados de assalto pela libertinagem neoliberal e anticristã. Já não se pode mais nem ligar a televisão na frente dos pequenos. Estamos diante de um desfile de inversão, coisas que nem ouso falar, por pudor à senhorita.

– Me perdi lá no ilibada – balbuciou a garota mordendo a ponta da caneta.

– Não tem problema – retrucou o homem arrumando o cabelo que, com a fúria do discurso, acabou saindo do lugar. – Só estou respondendo por que sinto saudades daqueles tempos em que a pátria vinha em primeiro lugar.

– E as torturas, o senhor concordava com elas?

– E desde quando bandido tem que ser tratado a pão de ló?

Roberta percebeu que estava indo para um caminho perigoso. Seria melhor voltar para a entrevista, caso contrário, era capaz de ser presa por tentativa de subverter o sistema de coisas idealizado e mantido na cabeça do delegado. Um nó amarrou sua garganta somada à sensação de impotência. Como alguém podia ser tão retrógrado? E recém havia começado. Ainda tinha pela frente muito osso duro de roer.

– Dr. Aquino, poderia conseguir uma água?

– Claro, senhorita, um momento.

O delegado saiu da sala. A luz do sol que invadia a janela parecia incendiar a cabeleira daquela moça que, respirando fundo para ter coragem, levantou-se, foi até o computador portátil aberto sobre a mesa e copiou vários arquivos do aparelho. Voltou para seu lugar e inocentemente aguardou que a água chegasse.

VINTE E UM

Além do diretor do hospital e do delegado, naquele dia, Roberta visitou o presidente da Câmara de Vereadores, o representante da Ordem dos Advogados, o responsável pelo Country Club e o atual prefeito municipal.

Com 55 anos, Valadares, o presidente da Câmara de Vereadores, era alto e bastante jovial para a idade. Bem barbeado, elegantemente vestido, camisa branca engomada de forma impecável. Como bom político, articulava-se com fluência e parecia entender de todos os assuntos. Embora tentasse aparentar calma, era acometido por um tique nervoso que o levava a acenar com o polegar direito para todos que encontrava pelo caminho, sempre acompanhado por um sorriso cristalizado que se fechava assim que a pessoa sumia de seu campo de visão. Durante a conversa com a aspirante a jornalista, destacou suas qualidades de político preocupado com o bem-estar da comunidade. Falou da corrupção que assola o país e de como o povo de Vale Santo era privilegiado por contar com uma administração transparente e eficaz.

Na Ordem dos Advogados, Plínio Nunes a recebeu em seu escritório: uma sala atulhada com livros de advocacia. Vários vade-mécuns de épocas remotas, todos com aparência de nunca terem sido manuseados. De estatura mediana, com uma calvície bem acentuada, arrumava os fios mais compridos de tal forma que faziam uma cobertura estranha por cima da cabeça. Falava rápido; gesticulava bastante; apresentava muitas ideias ao mesmo tempo. Durante a entrevista, o telefone tocou várias vezes. Ele pedia licença para atender. Numa dessas ligações, Roberta percebeu que o advogado orientava quanto ao uso de um álibi para que o cliente escapasse de uma multa de trânsito. Em outra, falou sobre um pagamento que deveria ser feito em espécie. Por via das dúvidas, já que estava com a câmera em punho, filmou tudo.

Saindo dali, foi recebida na sede do Country Club com um café à beira da piscina. Hugo Penteado fez questão de lembrar que Roberta deveria frequentar mais o lugar, já que seu pai fora um baluarte da sociedade vale-santense e que sua mãe era um abnegado exemplo de mulher voltada às obras de caridade organizadas pela entidade.

O presidente do clube podia ser considerado um sedutor, talvez por isso conseguisse convencer as "senhoras de bem" da cidade a fazerem parte de seus projetos sociais. Alto, cabelos levemente grisalhos nas têmporas, tinha o rosto quadrado e anguloso. Além disso, usava a seu favor os olhos de um verde profundo. Vestia-se esportivamente, mas de forma elegante, como um jogador de tênis de filmes norte-americanos.

Ela teve que tomar o café, fazer aquelas perguntas de sempre e ouvir o mesmo ufanismo dos demais entrevistados. Percebeu que o discurso da mãe ia ao encontro da visão de mundo daquele homem. Resumindo, a humanidade era dividida em pobres e ricos. Essa era uma ordem natural e imutável criada por Deus. Cabia aos poucos "afortunados pela sorte" acalentar aos inúmeros "miseráveis do destino". Assim era a vida e dessa forma deveria continuar.

Roberta sentiu vontade de vomitar.

Para fechar o dia com chave de ouro, encaminhou-se para a prefeitura. Muito pouco havia mudado por ali desde que o pai deixou de ocupar o cargo. Aparentemente, os funcionários eram os mesmos. Dona Elvira, a secretária, a atendeu com a petulância característica de quem se tem em alta conta.

Embora o prefeito Valdemar Botelho não figurasse na agenda do pai, certamente fazia parte da organização. Com um elegante terno escuro, alto, cabeça raspada à navalha, era uma figura imponente. Não se sentiu intimidada. Depois de adentrar nos recantos proibidos do Hospital Municipal, conversar com o prefeito era café pequeno. Ele discorreu sobre os benefícios que sua administração havia trazido para a cidade, falou do trabalho desenvolvido na Fábrica Colmeia, de produtos diversificados derivados do mel que estavam sendo vendidos até para o exterior. Após fazer as anotações costumeiras, fotografou o prefeito na mesa que, um dia, fora ocupada pelo pai, Altamiro Peixoto. Despediu-se e saiu para a rua com a sensação de dever cumprido.

Dos nomes que apareciam na lista da caderneta do pai, faltava conversar com Padre Dionísio. Decidiu que faria essa entrevista no dia seguinte. Muito embora não lhe tenha faltado coragem para chegar até ali, o encontro com o sacerdote era o mais temido. Nunca conversou com ele sobre qualquer assunto, a não ser a confissão de pequenos delitos infantis, quando a mãe a obrigava a receber o sacramento da purificação antes da missa dominical. Aquela voz macia e cheia de autoridade ia arrancando as palavras do penitente, numa busca de segredos que pudessem manchar a alma diante de Deus. Muitas vezes, ouvira as pessoas comentarem: do Padre Dionísio ninguém esconde nada. E ela precisava esconder muita coisa.

Quando chegou ao jornal, os funcionários já tinham saído. Dali, iria direto para a escola. Antes disso, fez uma varredura na mesa do chefe. Não descobriu nada que o incriminasse. Ao que parecia, o filho não fazia parte da organização da qual o pai participou, talvez nem soubesse o que acontecia na cidade. Melhor assim. Menos um para atrapalhar o desfecho do plano que havia começado a colocar em prática.

VINTE E DOIS

A manhã ia pela metade, quando a jovem de cabelos cor de fogo e bolsa a tiracolo contornou a igreja ricamente conservada e circundada por jardins cobertos de flores coloridas, marca registrada da cidade. As abelhas precisavam de uma variedade imensa de flores para fabricar o mel e os demais produtos que sustentavam economicamente a cidade.

Fez soar a campainha da casa paroquial. Dona Veridiana veio atender. Andava pela casa dos 60 anos. Muito séria, começou a trabalhar para o sacerdote quando ainda era jovem. Como não conseguiu contrair matrimônio, foi ficando por ali, cada vez mais sisuda e amarga.

Vale Santo tinha uma característica muito particular. Ali, igreja e prefeitura municipal dividiam a fonte de renda local: a extração do mel. Além disso, ainda fabricavam velas artesanais com cera de abelha, pomadas anti-inflamatórias, geleia real e extrato de própolis. Há muito tempo, todas as terras, onde hoje é o município, pertenciam aos padres. Nessa enorme propriedade, espalhavam-se centenas de colmeias. Com o progresso e a formação da cidade, as terras foram divididas; no entanto, grande parte ainda pertencia à Cúria. O poder religioso e o poder político se uniram para organizar o comércio, e a parceria tem dado certo desde sempre. Na enorme fábrica trabalha a maior parte da população. Todos os dias, ao fim do expediente, o presbítero entra no depósito e abençoa os enormes containers carregados de produtos cheirando a mel que são enviados para diversos lugares.

Depois de esperar por uns cinco minutos, Padre Dionísio abriu a porta do escritório e pediu que a garota entrasse. Com calvície bem acentuada, magro e alto, óculos redondos apoiados no nariz afilado, nada escapava de seu olhar. Ótimo administrador, dirigia a paróquia com mão de ferro. Altamente conservador, usava batina preta e a característica gola branca dos clérigos de antigamente. Nas solenidades, não dispensava o barrete e tinha saudade das missas em latim.

– Mas que prazer recebê-la. Notei que não tem aparecido na Santa Missa.

– Então, ando meio sem tempo, mas vou aparecer, sim – mentiu.

– Essa não é uma desculpa que se aceite de uma cristã – sentenciou ele. – Deus sempre tem prioridade.

– Padre, não quero tomar o seu tempo, sei que o senhor é um homem ocupado, então vou lhe fazer algumas perguntas e, depois, vou para o jornal montar nossa reportagem especial.

– Muito que bem! Vamos a elas, então.

A entrevista não durou muito tempo. Roberta estava pouco interessada em permanecer ali mais do que o necessário. Depois do questionário de praxe, recolheu seu bloco de anotações, despediu-se do sacerdote e de sua secretária e ganhou a rua. Enquanto caminhava, aliviada por se ver livre de mais aquela incumbência, pensava em tudo que acabara de ouvir e procurava comparar com o discurso dos demais membros da agenda secreta do pai. Todos tinham o mesmo propósito: a busca do bem-estar social. Provavelmente essa postura idêntica tenha feito de todos os principais líderes da cidade, cúmplices daquele esquema sórdido. O problema é que o poder, se não for bem utilizado, pode se tornar nocivo. Está cheio de casos no mundo todo que comprovam isso, basta ligar o computador, assistir o noticiário na televisão, ler o jornal. Ali, em Vale Santo, não era diferente. Em nome da felicidade geral, um circo havia sido armado. Dependia dela que essa lona cheia de furos viesse abaixo.

VINTE E TRÊS

    Roberta não tinha muito tempo. Os acontecimentos se desencadearam rápido demais: a amizade com Dona Mercedes; a descoberta de que o pai havia feito algo ilícito; de que o túmulo de Raul estava vazio há anos no cemitério local; de que ela poderia fazer alguma coisa para consertar isso. Várias foram as noites em que se viu, em plena madrugada, repassando os detalhes do plano. Nada poderia dar errado. Precisava ser cautelosa, ou colocaria tudo a perder.

    Claro que, sozinha, seria incapaz de seguir em frente. Para continuar, contava com a família Rosales. De vez em quando, sentia-se fraca, pequena, diante do gigante que a ameaçava lá fora. Lembrava-se de Dona Mercedes e do mal que cresceu silenciosamente na cidade como um câncer. Precisava dar um fim àquilo tudo. Assim, novamente, seu senso de justiça falava mais alto e a calma a fortalecia.

Novembro chegou trazendo calor e uma data muito especial: o aniversário de Roberta. Discretamente, dirigiu-se à casa de sua grande amiga. Lá, encontrou a família Rosales reunida. Pelo menos para algo essa confusão toda serviu: uni-los. Já não passavam semanas inteiras sem se falarem e Dona Mercedes já não parecia tão superprotetora como antes. A garota descobriu que passou a vida inteira querendo alguém que realmente se importasse com ela. Se bem que agora já começava a entender o comportamento de sua mãe e o que a fez ficar daquele jeito, sem vontade própria, mais preocupada com a coluna social escrita pela Goreti Valau do que com o que a filha pensava ou sentia.

Os amigos a esperavam com um bolo de chocolate feito pela anfitriã. Depois das felicitações, sentaram-se para comer e conversar sobre os últimos acontecimentos e para planejar os passos que dariam dali para frente.

– E então, minha filha, como estão as entrevistas para a premiação? – perguntou Dona Mercedes.

– Todas prontas. Publicaremos duas por semana, até o fim do ano.

– E foi bem-sucedida? – interrogou Raquel, com a boca manchada de chocolate.

– Acredito que temos material suficiente para detonar uma bomba atômica na cidade. No hospital, consegui nossas maiores provas. Tudo já está envelopado e endereçado. Uma cópia vai para o Ministério Público Federal; outras para os maiores canais de imprensa do país; e uma para a Anistia Internacional. E você, Nicolas, conseguiu organizar nossa fuga? Já temos onde ficar na Argentina?

– Tudo certo. Já estou com nossas cartas verdes. Teremos que fazer todos os trajetos de carro para passarmos despercebidos por possíveis barreiras policiais. Nesta altura do campeonato, realmente não sei em quem confiar.

– Não tem outro jeito – objetou Pablo. – Vamos ter que sumir do mapa por uns tempos. Depois, se de fato as coisas por aqui se resolverem, poderemos retomar nossa vida normal. Mas no momento em que a bomba estourar, vamos precisar nos proteger.

– Retomando, então – Roberta chamou para si a atenção. – Dona Mercedes, Raquel e Nicolas sairão da cidade antes de nós e prepararão nossa chegada – olhou aflita para Pablo. – Não sabemos em que estado encontraremos o Seu Raul nem se o encontraremos. Esta será nossa última tarefa nesta cidade: entrar no sanatório.

– *Y que sea lo que Dios quiera* – balbuciou a velha senhora.

VINTE E QUATRO

A manhã surgiu como um presente. Dava para ouvir os pássaros em festa lá fora. A cidade começava seus primeiros movimentos de buzinas de carros e o apito da fábrica sinalizava que em breve os trabalhadores deveriam iniciar a labuta. Sentiu um peso sobre as pernas, espichou o olho e, lá estava ele, Mustafá, uma montanha de pelo cinza esparramada na cama. Foi só notar que se mexia e o bichano espreguiçou-se, procurando as mãos cheias de carinho. Roberta sentiu um aperto no peito. Não sabia quanto tempo teria que ficar longe de casa, se é que um dia voltaria. Separar-se do gato, de Dora e da mãe seria bem difícil. Aquele era o dia decisivo.

Não foram poucas as vezes em que, durante esse tempo de preparação, teve vontade de desistir do plano de trazer à tona o que acontecia na cidade. Então, lembrava de quantas pessoas estavam sendo lesadas, enganadas, e uma indignação a fazia ter coragem novamente.

Depois de vestir o jeans e a camiseta surrada de sempre, dirigiu-se até a sala de jantar para tomar café com a mãe. Esse era o único momento em que se encontravam. Deu um beijo em Dora durante o trajeto.

— E então, Dona Berenice, tudo certo?

— Bom dia, dormiu bem, minha filha?

— Sim, como um anjinho.

— Vai ficar em casa hoje?

— Não, por quê?

— Por nada — disse a elegante mulher levando a xícara aos lábios e olhando para o vestuário da garota à sua frente com um olhar de reprovação.

— Mãe, não vamos começar o dia discutindo. A senhora parece um disco arranhado. A gente já sabe o momento que vai trancar e ficar repetindo a mesma coisa...

— Então não coloque mais esse disco. Mude.

— Não posso mudar simplesmente porque a senhora quer. Preciso de argumentos para isso. Se estiver disposta a me dar alguns que sejam realmente convincentes, poderemos pensar em algumas mudanças.

– Tudo que eu disser você vai achar bobagem. É assim desde pequena. Não tenho argumentos, apenas gostaria que...

– Eu fosse como as garotas da minha idade...

– Por aí.

– Então vou lhe dizer mais uma vez: não sou como elas. Não quero que ninguém diga o que tenho que fazer, o que vestir, aonde ir.

– Minha filha, tenho medo do seu futuro. As pessoas já falam muito por aí, que você é independente, faz o que quer. Nenhum moço de família vai querer te namorar...

– Pode parar por aí, senão vou ficar cheia de rugas de preocupação...

– Mas...

Roberta deixou a mãe falar. Era sempre assim. Para seu próprio bem, começou a pensar no que tinha por fazer durante o dia, que precisaria ser mais longo para dar conta de tudo. Deixou a mãe divagar sobre o comportamento das moças de Vale Santo, sobre casamento, sobre pertencer à nata da sociedade local. Bloqueou em algum lugar do cérebro a capacidade de ouvir o que ela dizia.

Foi para o quarto e pegou a mochila que normalmente usava para levar a roupa da academia. Desde que as aulas tinham acabado, começou a se exercitar com mais frequência. Hoje, no entanto, a bolsa continha sua bagagem. Tudo que levaria daquela casa estava ali. Sentia um pesar enorme por deixar seus discos, seus livros; contudo, tinha esperança de um dia recuperá-los. Ia fechando a porta do quarto, mas lembrou de algo. Entrou novamente. Avistou a foto que pertencera ao pai e que a retratava como uma menininha frágil e meiga. Abriu a bolsa novamente e a colocou lá dentro. Foi até a cozinha, deu um demorado abraço na empregada, o que não era de se estranhar, pois fazia isso sempre, e quase falou: Cuida bem do Mustafá – mas se conteve. Não seria nada agradável que Dora desconfiasse de alguma coisa.

Passou pela sala de jantar. A mãe ainda estava com uma xícara fumegante nas mãos, lendo uma revista de fofocas dos famosos. Deu-lhe um rápido beijo e avisou:

– Depois do trabalho, vou pra academia. A senhora vai para o espetáculo?

– É óbvio! Ou pensa que vou perder o Natal Iluminado?

– Então nos encontramos mais tarde.

– Certo! – disse Dona Berenice. – Hoje é a revelação do concurso Amigo da Cidade, não é mesmo? – perguntou fechando a revista.

– Sim.

– Já dei o meu voto para nosso querido clube. Espero que tenhamos mais esse título!

– Veremos.

Roberta tinha um nó atravessado na garganta. Entrou no elevador e deixou que as lágrimas se encarregassem de desatá-lo.

VINTE E CINCO

Roberta acostumou a olhar para todos os lados ao sair à rua, procurando algum indício de que estava sendo seguida. Tinha que ser uma vistoria discreta, com cuidado, pois, caso realmente alguém a vigiasse, precisaria disfarçar para conseguir escapar, mas parecia que a tinham deixado de lado. Há tempos que não enxergava aquele carro preto que durante vários dias a acompanhou como uma sombra.

O plano começou a ser executado desde o dia anterior. Nicolas, que tirara uma licença-prêmio no trabalho, viera buscar a mãe para levá-la à capital, distante 200 quilômetros de Vale Santo. Raquel os aguardava. O carro de passeio já estava previamente alugado e a carta verde expedida. Viajariam até o Uruguai, indo para Montevidéu. Ali poderiam descansar e, de manhã bem cedo, iriam para Colônia de Sacramento, onde entregariam o carro para a filial uruguaia e atravessariam o Rio da Prata de barca. Pouco tempo depois, desembarcariam em Buenos Aires, onde aguardariam o restante do grupo. Haviam alugado um apartamento até que decidissem o que realmente fazer.

Assim que a amiga partiu, encaminhou-se à agência dos Correios. Entregou os envelopes, rezando para que a atendente não perguntasse algo sobre os destinatários; para isso, precisou distraí-la falando da temperatura agradável, do resultado do Amigo da Cidade. A funcionária fazia tudo tão automaticamente que nem prestou atenção em quem receberia aquelas correspondências expressas, que chegariam ao seu destino somente na segunda-feira. Melhor para Roberta. Saindo dali, foi diretamente ao banco e sacou a poupança, que vinha economizando há tempos, já que esse dinheiro serviria para sustentá-la até que soubesse que rumo tomaria sua vida.

Roberta e Nicolas comunicavam-se através dos celulares que ele adquirira na capital; por via das dúvidas, era melhor usarem um número desconhecido. Acabara de receber uma mensagem avisando que os viajantes estavam a caminho de Colônia do Sacramento. Mais tarde, naquela mesma noite, esperava partir dali para encontrá-los no sábado em solo argentino. Só de pensar nisso, sentia um nervosismo tremendo. Precisava controlar-se para não colocar tudo a perder.

Chegou ao trabalho mais cedo que o costumeiro. Precisava preparar o texto sobre o ganhador do concurso. Essa, pelo menos, era sua desculpa. Naquele dia, daria um jeito de ficar por ali até mais tarde. Como o periódico era semanal, normalmente não dava muito trabalho. De segunda a quinta-feira, Baltazar Alencar fazia a cobertura de notícias, acontecimentos importantes e esportes. Goreti Valau era responsável pela parte de coluna social, óbitos, aniversários e horóscopo, além de ligar para os anunciantes e patrocinadores. As matérias eram entregues até a sexta-feira, Roberta auxiliava Pérsio a editá-las, fazer a correção gramatical, fechar a publicação e enviar para a gráfica, que funcionava no mesmo prédio da redação.

O chefe preocupava-se com a qualidade da impressão do informativo, tanto que adquiriu maquinário dos mais caros e exigia uma quantidade mínima de pessoas para operá-la. Ponto positivo para Roberta. Seu Demétrio, o responsável pela rotativa, era praticamente analfabeto e trabalhava na gráfica desde tempos imemoráveis. Ela não corria o risco de alguém bisbilhotando o jornal antes da hora. Por volta das 17h, reuniram-se na sala do que para fazerem o escrutínio da votação popular para a escolha do Amigo da Cidade.

Goreti Valau ficava insuportável nos dias de reunião. Parecia pisar em brasa quente, talvez pelo patrão estar tão perto. Queria mostrar trabalho e eficiência. Sua voz ficava ainda mais sibilante e estridente:

– Gente, vocês acompanharam a repercussão do chá das Senhoras da liga feminina do combate ao câncer? Foi no Country Club. Um arraso! Recorde de público e arrecadação. Cada vestido, vocês precisam ver. Coloquei algumas fotos na minha coluna.

Roberta revirou os olhos e respirou fundo. Depois olhou para Pérsio e disse:

– Vamos somar os votos?

– Sim. Cada um de nós confere uma urna, assim acabamos logo com isso.

O resultado não foi diferente do esperado pela maioria da equipe. Venceu o Hospital Municipal. Coube à Roberta atualizar a matéria e terminar de compor o original que seria enviado à impressão.

Pela janela de vidro que dava para a rua, via-se a última claridade do dia se desvanecendo. As luzes da praça e do seu entorno começavam a se acender, logo iniciaria a festividade na qual a maior parte da população estaria. Seu Demétrio chegaria em breve para dar início aos trabalhos. Roberta acionou o computador e olhou mais uma vez para o título que estamparia a manchete principal do dia seguinte: *Quem é Amigo da Cidade?* Revisou mais uma vez o texto que há dias vinha escrevendo. Era isso, não tinha nenhum motivo para voltar atrás. Deu um *Ctrl C*, abriu o arquivo do jornal do dia seguinte, ajustou o cursor e pressionou *Ctrl V*.

A sorte estava lançada.

VINTE E SEIS

Por volta das 10 da noite, Roberta desligou o computador, pegou o celular e enviou uma mensagem. Foi até a gráfica, avisou o velho empregado de que o jornal estava pronto para ser rodado e

A VERDADE EM PRETO E BRANCO

voltou à redação. Dali avistava-se, através das janelas envidraçadas, o movimento em direção à Igreja no fim da rua. Já se podia escutar o barulho da banda marcial que chegava em marcha. Sabia de cor o desfecho daquele teatro. Os pratos de metal pararão de chofre, sinal de que haviam alcançado seu destino; uma luz, bem de leve, começará a iluminar o presépio de madeira, armado no tablado defronte à matriz, revelando a sagrada família; uma música de suspense acompanhará a chegada do Papai Noel, que descerá da torre em uma espécie de rapel sob neve artificial, uma verdadeira maravilha para quem vive num país tropical. Mas o melhor momento ainda estará por vir. Num repente, a Igreja receberá um facho de luz branca. A melodia natalina soará bem de leve, as luzes criarão uma aura celestial, os primeiros fogos de artifício começarão a espocar por detrás do edifício, a iluminação criará efeitos multicoloridos em conformidade com a canção que, naquele instante, vibrará alucinadamente acompanhando a batida emocionada de cada coração ali presente. A porta do templo se abrirá e surgirá, no meio de toda luz, gelo seco, som, pompa e circunstância, o sacerdote, Padre Dionísio. Depois de abençoar e exortar os fiéis, dará uma benção especial aos brinquedos, arrecadados pelas senhoras de bem da municipalidade, que serão distribuídos pelo Papai Noel às crianças carentes. Então, todos voltarão felizes para a ceia em seus respectivos lares.

Voltou para sua mesa, pegou a bagagem que havia trazido de casa, e saiu para a rua. O carro a esperava na avenida oposta à concentração popular. A película escura não permitia que enxergasse quem ocupava a direção. Melhor assim. Abriu a porta do carona e embarcou.

Pablo aparentava, como ela, bastante apreensão. Agora encaminhavam-se para a última etapa do plano: a ala psiquiátrica do Hospital Municipal. Tinham alguns pontos a seu favor: como a cidade era pequena, a segurança também era reduzida e o número de funcionários trabalhando à noite era bem menor do que de dia, as atenções estavam voltadas para as luzes do Natal. No entanto, todos a conheciam, por isso precisariam entrar sem serem vistos.

Pararam o veículo nos fundos do prédio. O muro tinha em torno de dois metros de altura. Por sorte, a rua era pouco movimentada e as árvores distribuídas pela calçada acabavam encobrindo a operação. Pablo retirou uma escada portátil do porta-malas e, depois de abri-la e apoiá-la na parede, escalou o paredão e sentou-se lá em cima. Foi a vez de Roberta subir e também equilibrar-se nas alturas. Ele esticou o braço e puxou a escada, recolocando-a na parte interna do pátio. Depois de descerem, a esconderam num canto escuro.

Em silêncio, caminharam até a escada de incêndio. Roberta tinha certa fobia de altura, mas agora não poderia pensar nisso. Esse era o único acesso pelo qual poderiam entrar sem serem vistos e ela não deixaria o medo atrapalhar. Antes de começarem a subida, pegou na mochila um jaleco branco e o alcançou para Pablo e também colocou o seu. Seria difícil não reconhecê-los, mas se houvesse alguma confusão, talvez conseguissem escapar com mais facilidade se estivessem parecidos com médicos e enfermeiros.

Era quase hora da troca de turno. Essa foi uma informação fácil de conseguir, ainda mais para Roberta, que, por conta do trabalho, ficava sabendo de quase tudo o que acontecia na cidade. Ficaram agachados defronte à janela, numa espécie de estrado de metal que auxiliava o acesso à escada, caso houvesse um incêndio no prédio. Por sorte estavam no verão, pois o calor fazia com que as vidraças estivessem escancaradas. Só precisavam aguardar que a enfermeira passasse o turno para o senhor magrelo e taciturno que, após guardar seus pertences, passaria em revista os internos da ala psiquiátrica. Essa era a deixa para saltarem para dentro e ultrapassarem a porta reforçada com grades de metal que separava os doentes mentais do resto do mundo. Se dessem sorte, ele a deixaria encostada. Caso resolvesse trancá-la, teriam que apelar para as chaves do aluno residente que havia acompanhado Roberta durante a visita ao hospital. Se isso acontecesse, perderiam um pouco mais de tempo e ainda corriam o risco de que aquela chave específica não estivesse no molho.

A enfermeira de cabelo armado despediu-se do tristonho substituto, conforme esperado, e encaminhou-se para a saída estalando o salto no piso branco e extremamente limpo. O homem falava palavras ininteligíveis, parecia repreender a si mesmo por algo que os dois, logo abaixo da janela, do lado de fora, não tinham a menor ideia do que fosse.

O resmungão enfiou a chave na pesada porta, empurrou-a e entrou. Roberta e Pablo, depois de alguns instantes, esgueiraram-se para dentro. Se escutassem atentamente, seriam capazes de ouvir o batuque descontrolado dos próprios corações. Ela já estava um tanto acostumada a viver perigosamente. Nos últimos tempos, precisou utilizar muito sangue-frio, mas esta parecia ser, de longe, a situação mais arriscada. A garota fez sinal para o armário cheio de materiais atrás do balcão. O rapaz acenou afirmativamente e ficou espiando pelo quadrado coberto por uma fina tela, pronto para avisá-la caso o funcionário voltasse.

A VERDADE EM PRETO E BRANCO

Roberta percorreu os nomes dos medicamentos. O olhar iluminou-se ao encontrar o que procurava: óxido nitroso. Pegou a embalagem e a colocou na bolsa que levava a tiracolo. O rapaz forçou a maçaneta da porta – trancada – sussurrou. Ela pegou as chaves que havia surrupiado. Depois de olhar para a fechadura, começou a procurar aquela que poderia melhor se encaixar no cilindro. Na terceira tentativa, a chave entrou e girou, deixando a passagem livre.

– Vamos! – animou-se Pablo tomando a garota pela mão.

Logo depois do acesso principal, outra porta, destrancada, dava acesso a um corredor com vários cômodos de cada lado. Possivelmente eram os dormitórios nos quais os internos ficavam confinados. A luz estava apagada, mas de dentro de alguns cubículos vinha alguma claridade, permitindo que o local não ficasse às escuras.

No fim do corredor, enxergaram uma área de convivência, com vários sofás, algumas mesas, um aparelho de televisor preso em uma das paredes, ligado em um canal qualquer desses programas de humor enlatados norte-americanos e que, a cada momento, reproduz a mesma risada nas piadas sem graça. Após a sala de convivência, o corredor continuava com mais uma série de dormitórios. Essa era a ala psiquiátrica do Hospital Municipal. Ali, num daqueles pequenos quartos, poderia estar o Seu Raul. Pelo menos era isso o que eles esperavam.

Pablo, depois de examinar algumas das portas do primeiro corredor, encontrou uma delas destrancada e vazia. Entrou e fechou-a atrás de si. Logo depois, deu uma leve batida com os nós dos dedos. Roberta a abriu pelo lado de fora.

– Como previmos – constatou ele –, os quartos só abrem pelo lado de fora.

– Ótimo! Preparado?

– Sim – respondeu o rapaz, posicionando-se no vão da porta do quarto oposto àquele no qual a garota escondia-se. Ouviram o arrastar vagaroso dos sapatos do enfermeiro que voltava da ronda. Roberta ficou em pé na escuridão do cômodo. Quando o homem chegou rente à porta, simplesmente falou: – Ei – e virou-se surpreso. Foi a deixa para Pablo entrar em ação. Com o braço esquerdo prendeu seu pescoço e com o direito pressionou um lenço umedecido com ácido nitroso em seu nariz. O enfermeiro bem que tentou lutar, mas, aos poucos, foi perdendo as forças, até que caiu de joelhos e estatelou-se no chão.

Depois de deixarem-no dormindo o sono dos justos, preso no quarto que encontraram vazio, começaram a procura. Com uma lanterna vasculharam cada um dos quartos. Alguns estavam ocupados. Mulheres com cabelos desgrenhados arregalavam os olhos ao verem a luz que invadia o pequeno quadrado gradeado que as separavam do corredor. Foram se aproximando da sala de convivência. Por ali estavam distribuídos, pelas poltronas, pessoas de idades difíceis de definir. Algumas mulheres e homens que poderiam ter em torno de 30 anos, mas com aparência de bem mais. Todos tinham uma característica em comum: pareciam não notar a presença dos dois. Estavam como que alienados do mundo exterior, naqueles compartimentos brancos e sem janelas.

Roberta ouviu quando Pablo murmurou: – Pai – e correu para um homem magro de cabelos embranquecidos e vestido com a característica roupa de tecido grosseiro. O velho olhava fixamente para o televisor, mas parecia ver outra realidade e não aquela que o vídeo apresentava. O rapaz abaixou-se, pegou naquelas enrugadas mãos e perguntou: – Pai, não está me reconhecendo?

O idoso desviou lentamente sua atenção do aparelho preso no alto da parede para o olhar inquiridor ao seu lado. Fios de lágrimas incontidas escorriam pelo rosto do jovem. Dos olhos encovados e lunáticos, lá do fundo, começou a surgir um brilho de memória; daquelas que nem o mais poderoso medicamento consegue aplacar; daquelas lembranças que marcam profundamente a essência que nos faz humanos. O homem balbuciou: – Pablito.

E jogou-se nos braços do filho.

VINTE E SETE

Roberta quase não acreditava que os três partiam dos fundos do Hospital Municipal. Descer com o Seu Raul pela saída de incêndio foi uma experiência e tanto. Por quase dez anos, sobreviveu confinado na ala psiquiátrica. Visivelmente estava medicado. Só o tempo poderia dizer como se comportaria quando o efeito das drogas passasse. Por ora, apenas seguia instintivamente o filho e a desconhecida. Ao colocarem novamente a escada para galgarem o muro, na descida para a rua, a garota tomou a dianteira. Pablo auxiliou o pai a subir os estreitos degraus de metal. Lá em cima, Roberta precisou segurar o velho sentado, com cuidado, para que não acabassem estatelados na calçada. Mesmo não sendo muito religiosa, nesse momento, lembrou-se dos santos invocados por Dora. Enquanto segurava o marido de Dona Mercedes, pela sua cabeça passava uma ladainha.

Ao chegarem ao automóvel, acomodaram o homem no banco traseiro e partiram. Os primeiros fogos ecoavam pela cidade. As casas estavam, em sua maioria, iluminadas. As pessoas se preparavam para a ceia. Dentro de poucos minutos, seria meia-noite. Quase saindo da avenida principal, a garota avistou o caminhão que prestava serviço de entrega do jornal pela cidade e região parado em frente a uma banca de revistas. Pediu para que Pablo estacionasse e desceu. Comprou um exemplar, sob reclamação do dono do estabelecimento, que disse só estar ali para receber o produto.

Tomaram a estrada principal que dava acesso à saída do município. As luzes foram ficando para trás. Precisariam enfrentar um longo caminho sinuoso até alcançarem a rodovia que levava à capital e, daí, encararem o extenso caminho até Buenos Aires.

Mas, logo nas primeiras curvas, Pablo e Roberta perceberam que algo não ia bem. Faróis cortaram a escuridão atrás deles. O rapaz tentou manter a calma:

– Não pode ser conosco. Nenhum carro nos seguiu desde que saímos do hospital.

O automóvel ultrapassou o deles e atravessou-se logo à frente, impedindo que seguissem adiante. Pablo não teve outra alternativa senão estacionar. Roberta estava apavorada. Reconheceu o veículo assim que ele tomou a dianteira. Era o mesmo que atropelara Nicolas e seguira ela e Dona Mercedes por meses. O motorista acionou a marcha ré e também parou no acostamento. A porta abriu-se e de lá saiu um homem alto, com uma lanterna acesa em uma das mãos e na outra uma pistola. A garota reconheceu a voz do delegado:

– Saiam com as mãos pra cima.

Os dois, amedrontados, obedeceram e ficaram parados ao lado do veículo. Dr. Aquino aproximou-se com a lanterna iluminando o interior do automóvel.

– Então, onde pensam que vão a essa hora? Sua mãe sabe por onde a senhorita anda? E este homem no banco de trás? Acho que vocês estão metidos numa grande enrascada, mas antes de qualquer desculpa esfarrapada, as explicações poderiam começar por isto – puxou o jornal enrolado embaixo do braço e o jogou sobre o capô. – Então – olhou para Roberta – pensou que era só escrever um monte de bobagens e sair assim, no meio da noite, que tudo iria ficar bem. Adivinha quem é o primeiro a receber o jornal logo que ele é impresso? Gosto de estar bem informado, antes de todo mundo. Depois que nossa conversa acabar, e ela vai ser bem rápida, vou impedir que essas baboseiras sejam lidas por mais alguém. Em pouco tempo, ninguém mais vai lembrar que vocês existem. Vamos – apontou a arma para Pablo – desembarquem o velho.

Não tiveram outra alternativa. Amparando Raul, foram descendo pela encosta da estrada, por onde o policial indicava, até chegarem bem próximo ao precipício. Um turbilhão de pensamentos cruzava a mente de Roberta. Não era possível que, depois de tanto nadar, iriam morrer na praia. Tanto sacrifício para nada. Ouviu quando aquela voz cheia de autoridade ordenou:

– Olhem para mim. Assim. Quero deixar bem claro que não tenho outra alternativa. Vocês me deixaram sem saída. É como dizem por aí: cavaram a própria sepultura.

O delegado apontou a arma para os três. Pablo segurava o pai, que balbuciava palavras que não se entendiam. Dava para sentir o pavor no ar. Roberta nunca tinha estado tão perto da morte. A pistola na mão daquele homem representava a impotência diante da vida. Fechou os olhos. Tudo estava perdido.

– Traga o velho pra cá – gritou o delegado. – Ninguém morre duas vezes – sentenciou com uma risada sarcástica. – Esse caso é do Dr. Agnelo.

Pablo levou o pai até o delegado.

– Pode soltá-lo.

O rapaz não teve outro jeito. Fez com que o pai se apoiasse no tronco de uma árvore, perto do homem que os mantinha sob a mira da arma de fogo, e voltou para junto de Roberta.

– O silenciador – rosnou o policial. – Se eu disparar sem ele, vai alertar os curiosos – começou a procurar nos bolsos do uniforme.

Assim que encontrou o dispositivo e fez menção de acoplá-lo na arma, algo inusitado aconteceu. O militar foi empurrado para o lado. Ao desequilibrar-se, acabou deixando a pistola cair e, instintivamente, segurou-se numa caixa de madeira, morada de sua pior inimiga: uma colmeia de abelhas.

Pablo correu para ajudar o pai, que num relâmpago de consciência e reunindo um pouco da força que lhe restava havia derrubado o delegado. Os três correram em direção ao caminho que os levaria de volta ao carro. Ouviram os gritos desesperados do homem se debatendo com as ferroadas. A lua mostrou-se clara o suficiente para que vissem o momento em que ele, fora de si, correu em direção ao despenhadeiro. Depois de um baque surdo, tudo voltou a ficar em silêncio. Embarcaram novamente.

Partiram. Ela pela primeira vez e, talvez, definitivamente.

VINTE E OITO

Raul dormiu praticamente a viagem inteira. Pablo fez paradas rápidas em postos de combustíveis; num deles acordaram o pai para que vestisse uma roupa decente. Os três se detiveram para lanchar e descansar somente ao chegarem a Montevidéu.

Sentaram-se num estabelecimento do *Mercado del Puerto*. A movimentação no meio da tarde de turistas e de visitantes habituais era intensa. O garçom serviu o café com leite acompanhado por *medialunas*. Raul não conseguia tomar a iniciativa de levar a xícara à boca. Tanto tempo afastado do convívio normal das pessoas que lhe eram queridas fez com que perdesse o jeito costumeiro de realizar as tarefas mais simples. Parecia estar em um sonho, ainda mais que ao seu redor ouvia sua língua de origem. Então o velho homem sentiu aquele gosto tão cheio de passado. Quanto mais sorvia o líquido fumegante, mais acordava para a realidade do que lhe acontecia.

– Meu filho – disse depois de algum tempo –, como foi que me encontraram naquele lugar horrível?

– Essa é uma longa história, com o tempo, o senhor vai compreender tudo.

– Vocês sabem o que acontece na cidade e por que fui parar naquele antro?

– Sim – respondeu Roberta olhando com carinho para o velho – e já nos encarregamos de contar toda a verdade para a população e para as autoridades.

– Tem muita coisa que ainda não consigo lembrar e outras que quero esquecer, mas desde que me prenderam, tentei escapar muitas vezes. A cada tentativa de revolta, me aplicavam mais medicamentos, soníferos, calmantes. Chegou um momento que acabei desistindo de tudo. Quem está lá dentro não passa de um trapo velho e sem serventia.

– Mas agora isso acabou. Quando atravessarmos a fronteira, sabe quem estará nos esperando em Buenos Aires? Sua esposa e seus filhos. Então poderão começar tudo de novo, pois o que importa mesmo é recomeçar.

Pablo pegou a mão daquela jovem com o cabelo da cor do fogo mais vivo e, emocionado, disse:

– E você vai estar com a gente. Se não fosse sua coragem e determinação, nosso pai ainda estaria em poder daqueles canalhas.

– Então vamos continuar viagem – disse ela um pouco perturbada e soltando aquela mão que apertava a sua – pois tem mais gente querendo se encontrar por aí – completou dando um sorriso, tentando disfarçar o medo em pensar no que o futuro lhe reservava.

Logo após entregarem o carro alugado na filial de Colônia de Sacramento, no Uruguai, Raul, Roberta e Pablo atravessaram o Rio da Prata, de barca, até Buenos Aires. Por sorte, Dona Mercedes havia guardado os documentos antigos do marido, caso contrário, teriam problemas para atravessarem as fronteiras.

Roberta e Pablo, ao ultrapassarem a porta que dava para o saguão de entrada e saída, enxergaram quem os esperavam. O semblante dos três foi passando de ansioso para triste. A garota olhou, então, para seu companheiro de viagem e os dois perceberam que Raul ficara para trás, olhando as águas do rio que se estendiam até perder de vista. Foi apenas um instante, mas, por momentos, os olhos dos que esperavam se encheram de preocupação. Então ele os alcançou. A velha senhora precisou ser amparada pelos filhos ao ver o marido que julgava morto há tanto tempo. Os cinco choravam e riam, tudo muito misturado. Roberta apenas observava, um tanto sem jeito, sem saber que atitude tomar, como se estivesse invadindo a privacidade daquela família. Então, aquelas pessoas, que começavam a reunir o que a vida havia transformado em cacos, voltaram-se para a garota tão frágil e tão forte. A abraçaram. Era Natal!

VINTE E NOVE

O dia anterior fora de muitas emoções. A família se reencontrando, muita conversa para colocar em dia. Depois de baixada a poeira das novidades, os jovens resolveram sair para conhecer um pouco mais da linda capital. Raquel e Nicolas resolveram ficar em um café na calçada do porto.

A tarde se encaminhava para o fim, deixando o céu com um tom avermelhado que se refletia nas águas do *Puerto Madero*. Roberta e Pablo caminhavam descontraídos e embasbacados com a beleza do lugar. Aliás, Buenos Aires inteira era um deslumbramento para os olhos dos dois e também para o restante dos viajantes. Estavam hospedados em um apartamento no tradicional bairro *San Telmo*, onde ocorria uma famosa feira de antiguidades. Para qualquer lado que olhassem, avistava-se um café, um prédio antigo. Um lugar cheio de história.

Aproximaram-se de uma ponte de arquitetura contemporânea que atravessava o canal até o lado cheio de prédios novos que contrastavam com as construções da parte mais antiga da cidade. A garota consultou o guia de bolso que tinha comprado lá mesmo e descobriu que aquela era a *Puente de la mujer* e que sua disposição lembrava um casal dançando tango.

— Vamos até lá? — convidou Pablo.

— Claro! — respondeu ela. — Pena não vermos o pôr do sol daqui, mas esses tons coloridos no céu já são um espetáculo à parte.

— Realmente.

— Sabe, Pablo, já falei que gosto muito da língua, da música, dos filmes e da poesia espanhola, não é?

— Sim, você conhece mais da minha cultura de origem do que eu mesmo.

— Isso é uma questão de tempo. Pense em tudo que temos para conhecer ainda... uma vida é pouco para ver tanta coisa boa que tem neste mundo.

— E tem gente que estraga tudo. Fico pensando naquele povo todo lá de Vale Santo, lembro que fiz parte daquele esquema, que poderia ter sucumbido a tudo aquilo.

— Graças a seu pai, não aconteceu nada com a sua família, mas ele pagou um preço alto por ter se revoltado com a história toda.

— No fundo, seu pai também livrou você de uma pior. E sua mãe, como vai ser?

– Vamos ter que ficar atentos às notícias do que está acontecendo no Brasil. Conforme o andar da carruagem, tomarei decisões referentes a esse assunto. Mas você sabe da nossa história, não vai fazer muita diferença estar aqui ou no quarto ao lado. A distância será a mesma.

Chegaram à ponte e iniciaram a travessia.

– Sabe que acho você muito corajosa? Não sei se teria sangue-frio para denunciar todo aquele esquema. Falando nisso, gostaria de ler a reportagem que publicou no *Progresso*.

Roberta abriu a bolsa, tirou o exemplar e o alcançou para o jovem de cabelos negros e arrepiados. Ele pegou o periódico e, descuidadamente, segurou a mão dela junto. Acabaram não se soltando. Um nervosismo no ar se traduzia num frio de dedos entrelaçados. Ela voltou a falar:

– Como eu estava dizendo, li, vi e ouvi muita coisa em castelhano; agora, escutando as pessoas falarem nas ruas, nos cafés, nas casas... tenho a impressão de que não conseguirei mais voltar. Mais ainda, parece que estou no meu verdadeiro lar.

Chegaram ao meio do caminho. As mãos continuavam unidas. *Puente de la mujer*. O frio que o nervosismo havia produzido começava a dar lugar a um calor de mãos que não queriam ficar separadas. Uma homenagem ao tango: dança tão ritmada, tão cheia de paixão, tão complexa quanto a vida. Os olhares que se cruzaram e não queriam mais se desviar. A música cheia de tristeza por um amor que se perdeu, contrastando com o puro gostar que se iniciava. O beijo silencioso e cheio de promessas.

No céu, as primeiras estrelas anunciadoras da noite começavam a brilhar.

A voz da verdade de Vale Santo

PROGRESSO

ANO LIV - EDIÇÃO N. 2.808   24 de dezembro   R$ 2,00

Especial

QUEM É AMIGO DA CIDADE?

Roberta Peixoto

Nos últimos meses, a cidade de Vale Santo envolveu-se na escolha da instituição que melhor presta serviços à população. O concurso Amigo da Cidade, após passar por uma série de reportagens devidamente publicadas neste periódico, teve sua conclusão através da votação popular. Temos um vencedor.

No entanto, antes de revelar o ganhador, vou contar uma história que envolve a maioria dessas entidades. Não gostaria de relatar esses fatos, pois envolvem diretamente minha família, mas mesmo envergonhada, irei até o fim e revelarei uma face escondida das pessoas mais influentes de nosso município. Nossa cidade não é tão perfeita quanto parece.

Precisamos fazer uma viagem no tempo, mais precisamente a década de 1960, quando o Brasil passou pelo golpe militar. Um grupo de respeitáveis senhores de nosso município resolveu aproveitar o clima de autoritarismo no ar e restaurar uma antiga ideia nazista. Com o objetivo de proteger a população

PROGRESSO

local, um esquema muito bem arquitetado foi armado por aqui. Dr. Agnelo Bernardes foi o grande idealizador desse projeto. Não é por acaso que seu grande ídolo é Adolf Hitler.

E se a população de uma cidade inteira pudesse simplesmente obedecer e jamais questionar qualquer ordem, por mais absurda que seja? E se não tivéssemos discórdias familiares e crimes de qualquer natureza? E se uma paz celestial reinasse em todos os lares? Essas perguntas foram o mote para que um grupo de idealistas desenvolvesse um plano redentor. Não se pode negar que Dr. Agnelo é um cientista. Esse senhor conseguiu desenvolver pesquisas e experimentos para, dessa forma, inventar alguns equipamentos que ajudaram na concretização dos ideais de nossas nobres autoridades.

A geografia de Vale Santo também colaborou para que o projeto fosse levado a cabo. Como estamos distantes de um grande centro e fora da rota de grandes rodovias, quase ninguém passa por aqui, a não ser que realmente isso seja necessário. Controlar uma população isolada do mundo não foi uma tarefa tão difícil, ainda mais contando com o aparato montado para esse fim.

O plano era o seguinte: todos os moradores precisariam passar por um tratamento sistemático. O melhor lugar para isso era o Hospital Municipal. De uma forma ou de outra, um dia, todo mundo acaba precisando fazer uma consulta médica. No subsolo de nossa casa de saúde há um andar inteiro dedicado ao atendimento especial que os cidadãos recebem desde muito tempo.

A proposta do grupo nazistoide é recorrente, não é a primeira vez que uma ideia assim é utilizada no mundo. Os membros dessa organização possuem

PROGRESSO

uma caderneta preta e a utilizam como símbolo de pertencimento. Na do meu pai, um dos líderes, o objetivo está bem claro: "Preservar a população de Vale Santo das ameaças externas que porventura possam desestabilizá-la, manter a ordem social e estabelecer uma raça mais pura possível".

Para isso, contavam com o poder estabelecido pelo regime militar e com o pensamento de alguns teóricos que justificavam esse comportamento. Um deles é conhecido como Lineu, ou Carl Von Linné, um naturalista sueco que dividiu a humanidade em grupos raciais. Segundo ele, os europeus representam os brancos, a ordem, a engenhosidade e a inteligência. Os americanos são vermelhos, audaciosos, violentos. Os asiáticos aparecem como amarelos, melancólicos, governados pelos preconceitos. Por último, temos os africanos, tidos como negros, astuciosos, preguiçosos, negligentes. Parece uma grande ironia pensar que um conceito tão ultrapassado ainda guie algumas mentes, mas não se enganem: eles acreditam nisso.

Não preciso dizer que o ideal de pureza inspirado em Lineu se instaurou nas diretrizes de nossos governantes locais. A lógica era bem simples: cada um, segundo sua estirpe, representaria uma classe social na hierarquia de Vale Santo. Alguns nasceram para mandar, outros para obedecer e sustentar o topo da pirâmide. Como a ciência existe para auxiliar a humanidade, nada melhor que utilizá-la para aprimorar e manter o estado de coisas. Agnelo conseguiu criar, através do trabalho incansável de um grupo de cientistas também adepto de teorias racistas, uma aparelhagem que auxilia no controle mental e ideológico da população. A máquina utiliza outra técnica descoberta há muito tempo e muito útil no tratamento de traumas humanos: a hipnose.

PROGRESSO

Os moradores de nossa cidade passaram, e continuam passando, por dois processos ao visitarem o Hospital Municipal. O primeiro tratamento é designado de Neurotrox. Nessa etapa, eletrodos são acoplados na cabeça do paciente e descargas elétricas ativam o cérebro, induzindo a um estado de sono hipnótico. No segundo, outro aparelho é acionado, o Visotrox. Nele, a pessoa é submetida a uma série de informações que são jogadas em seu inconsciente. O vídeo, que a quase totalidade da população assistiu, apresenta um modo de viver perfeito: sempre trabalhar pelo bem comum, jamais questionar a lei e a autoridade, amar com devoção a religião e o poder estabelecido. Algo muito parecido com uma colmeia, em que cada abelha tem o seu próprio sentido imutável de existir. A abordagem ao mais profundo do inconsciente de nossa gente privilegia o esquecimento. Após sair do Hospital Municipal, a pessoa não lembra a que foi submetida.

Nestas alturas do campeonato, você, caro leitor, já deve ter se dado conta de que também foi vítima de uma armação bem arquitetada, então poderia argumentar: mas está bom assim; tenho tudo o que preciso; nossa cidade não tem violência; tudo está direito; tudo funciona dentro da normalidade. Eu diria: onde está sua liberdade? Você fez suas escolhas por si mesmo? Até que ponto isso realmente é valido?

Mas o pior ainda está por vir. Não é por acaso que os antigos gregos inventaram a democracia. O poder não pode ficar nas mãos de uma pessoa só ou de um grupo específico. Quando isso acontece, vem à tona o lado mais sombrio do ser humano. O poder corrompe. Se quisermos saber como realmente uma pessoa é, basta dar poder a ela. Com nossos representantes da moral, dos bons costumes, da lei e da

PROGRESSO

ordem, não foi diferente. Nosso querido Dr. Agnelo se tornou quase um mago da vida e da morte. Prova disso é a ala de mortos-vivos no último andar do Hospital Municipal. Quando a lavagem cerebral produzida pelos seus inventos não faz efeito, pois isso pode acontecer, é para lá que a vítima é levada.

Outros membros da organização começaram a colocar suas garras de fora. Disfarçados de cordeiros, eram lobos ávidos por devorarem suas presas. Que nos diga o excelentíssimo vereador Dr. Valadares. Com cargo vitalício na Câmara dos Vereadores, sempre é reeleito e sabe bem com quem repartir boa parte da arrecadação do município. Basta dizer que não há um regime de transparência nas contas públicas, afinal, ninguém exige isso por aqui. Não será preciso uma investigação profunda para descobrir que as irregularidades são vultosas.

Hugo Penteado, embora faça parte do seleto grupo de mantenedores da ordem vigente, é apenas um fantoche nas mãos de seus colegas. Não tem poder de decisão, e talvez nem queira tomar alguma. Basta, para ele, levar uma vida longe de maiores problemas, alimentando a vaidade das senhoras de bem, geralmente a cúpula da pirâmide social, nas suas incursões assistenciais aos pobres de Vale Santo.

Plínio Nunes burla as leis e as maneja a seu bel-prazer na tentativa de justificar todos os desmandos provocados por seus colegas. É ele quem limpa qualquer eventual sujeira que possa macular a moral dos parceiros. No entanto, seu amigo mais chegado é nada menos que o delegado, Dr. Aquino. Aprendi algo desde que comecei a investigar a quadrilha: desconfiar de quem muito se diz defensor da moral e dos bons costumes. Esses dois cidadãos usam e abusam do poder autoconferido. Basta acessar o computador

PROGRESSO

do policial para descobrir que está carregado de imagens comprometedoras de crianças indefesas.

Na antiga caderneta, figura mais um nome: nosso querido e estimado Padre Dionísio. Um santo. Não encontrei nada que o incriminasse além da prática comum dos membros da organização: o uso indevido do poder. Além de dividir com a prefeitura a maior fonte de renda da cidade, a exploração do trabalho das abelhas, durante todos esses anos, o sacerdote usufrui de exclusividade no trato religioso da cidade. Nenhuma outra igreja aqui se instalou. Será puro acaso? Num país com tantas religiões, por que existe apenas uma em Vale Santo? Acredito que você, leitor, já tem a resposta.

Por fim, como último membro dessa organização, e não menos isento de culpa, está o falecido prefeito, Altamiro Peixoto, um dos ícones da política local que dividia a cadeira com seus comparsas. É claro que ninguém nunca questionou o porquê de sempre o mesmo grupo ocupar o poder. Questionar não faz parte do plano. Obedecer, sim. Não tive acesso às cadernetas pretas com desenhos dourados nas capas dos seus companheiros, mas certamente não será novidade que o atual prefeito também tenha os pés atolados nessa lama. Basta dizer que seu assessor pessoal, Laerte Rosales, é o mesmo da época de meu pai.

Ao visitar o andar inferior do Hospital Municipal, encontrei cadastros em um antigo fichário anterior à tecnologia. Nele, soube que meu "tratamento" era direcionado aos bem-nascidos da cidade. Fui orientada psicologicamente para ser uma boa moça, prendada, educada e, assim, quando chegasse o tempo certo, encontraria um rapaz de mesma índole com quem desposaria. Ele seguiria os passos do sogro. Isso era o que esperavam de mim, já que meus pais não

PROGRESSO

tiveram um filho homem, o que numa sociedade machista é o esperado. Mas algo deu errado no meio do caminho. Por que não respondi ao estímulo do Neurotrox e do Visotrox?

A resposta é bem simples: descobri um antídoto natural contra a lavagem cerebral a que toda a população de Vale Santo foi submetida. Quando meu pai saiu de casa, eu era como qualquer garota da minha idade e condição social. Minha mãe ficou cada vez mais mergulhada na obsessão pelo Country Club e suas ações sociais. Foi a minha sorte. No antigo escritório, havia uma grande estante com inúmeras obras em capa dura. Dona Berenice não deixava chegar perto delas, pois faziam parte da decoração. Eram livros de enfeite, com encadernações de tecido e lombadas escritas com letras douradas. Um dia, subi numa cadeira e comecei a espiar aqueles volumes. Escolhi o que mais chamou atenção: *A revolução dos bichos*, de George Orwell. Foi minha perdição. Assim, às escondidas, enchi a cabeça de ideias e ideais. Por isso fugi do padrão, do estabelecido, daquilo que planejaram para mim.

Por tudo isso, vim a público denunciar o estado que se instaurou em Vale Santo. Cabe a cada um julgar o que de melhor serve para sua vida. Continuar tudo como está, ou mudar.

Como não tive como me despedir de minha mãe decentemente, quero dizer a ela que gostaria muito que nosso destino tivesse sido diferente. Se tudo correr bem e a verdade prevalecer, talvez eu volte, pelo menos para vê-la. Para Dora, deixo um agradecimento cheio de carinho.

Ah! Quase esqueci. O vencedor do concurso Amigo da Cidade é o Hospital Municipal de Vale Santo. Foi a instituição mais lembrada pela população.

LEIA TAMBÉM

112 páginas / 14x21 / 978-85-62696-69-6
Antigamente, era comum as pessoas se reunirem, à noite, ao redor do fogo, para ouvir e contar causos de terror, histórias de fantasmas, cemitérios, lobisomens, vampiros, tesouros enterrados e guardados por espíritos. O imaginário popular, movido pelo medo e pela falta de uma explicação convincente ou até por mera diversão, criava histórias e as tornava realidades assustadoras. Em 7 histórias de gelar o sangue, Antônio Schimeneck ressuscita essas lendas e nos leva a revivê-las com o suspense e o terror que as mantém vivas até hoje.

112 páginas / 14x21 / 978-85-62696-69-
Um velho baú, uma mulher misteriosa e um galpão abandonado são os elos deste enredo incrivelmente emocionante, que levará o leitor a descobrir não só o segredo desta história, e sim muitas verdades que, por anos, escondem-se por trás das cortinas, por trás das músicas, por trás do tempo. Por Trás das Cortinas não é só mais um livro de mistérios descobertos, mas o resgate de uma época importante na história do Brasil que, por vezes, é esquecida ou simplesmente ignorada pelos jovens de hoje.

COMPRE PELO SITE
WWW.BESOUROBOX.COM.BR